pour l'amour de Lucinda

Barbara Cartland est une romancière anglaise dont la réputation n'est plus à faire.

Près de trois cents romans variés et passionnants mêlent aventures et amours.

Les Éditions J'ai Lu *en ont déjà publié plus de quarante que vous retrouverez dans le catalogue gratuit disponible chez tous les libraires.*

Désormais les Éditions J'ai Lu *publient également* Les romans préférés de Barbara Cartland, *un choix des livres qui ont enchanté sa jeunesse.*

BARBARA CARTLAND

pour l'amour de Lucinda

Éditions J'ai Lu

Traduction française de l'ouvrage paru en langue anglaise sous le titre :

THE UNPREDICTABLE BRIDE

1

Lucinda traversa lentement le jardin pour se rendre aux écuries. Le soleil d'avril brillait sur les nénuphars de l'étang où la jeune fille s'amusait, lorsqu'elle était enfant, à attraper les poissons rouges. Il n'y avait plus de poissons maintenant. Le bassin était entouré de mauvaises herbes et le jardin tout entier avait un air abandonné. Les pommiers avaient grand besoin d'être taillés; dans la serre, de nombreuses vitres brisées n'avaient pas été remplacées et les chardons envahissaient les allées. Jarvis, le vieux jardinier, n'avait plus, depuis longtemps, le personnel nécessaire pour entretenir la propriété.

C'était toujours le même problème : les Belvil n'avaient plus la fortune d'autrefois et connaissaient de graves difficultés. Combien de fois Lucinda avait-elle entendu son père s'exclamer :

– Ah! les vampires! Tout ce qu'ils veulent de moi, c'est de l'argent! Ils peuvent toujours attendre.

– Ils ont été très patients, mon ami, disait alors sa mère avec douceur, reconnaissant d'un coup d'œil les en-têtes des factures pour les avoir vus souvent.

– Ils vont me sucer le sang! s'exclamait alors sir Edward.

Lucinda savait que son père n'était pas un panier

percé, au contraire; il était rare qu'il risquât de fortes sommes sur les tables de jeu. Mais il n'avait pas les moyens de vivre dans sa propriété sur le même pied que ses vénérables ancêtres.

Sir Edward ne parvenait pas à imaginer la vie sans un certain nombre de domestiques : un maître d'hôtel et deux serviteurs pour faire briller l'argenterie et servir les nobles des environs qui venaient continuellement en visite, certains d'être bien traités.

Lady Belvil, elle, trouvait inconcevable de tenir une si grande maison sans une cuisinière, deux filles de cuisine et trois femmes de chambre.

En outre, il y avait les chevaux : des bêtes de prix, non seulement pour l'attelage, mais aussi pour la chasse au renard et, de temps en temps, pour les courses locales.

Lucinda n'ignorait pas que, pour maintenir ce train de vie, on négligeait beaucoup de choses : le jardin, les réparations de la maison et des communs... Sa propre éducation et, en général, tout ce qui la concernait.

Elle n'aurait pu dire depuis combien de temps elle n'avait pas eu de robe neuve pour remplacer celles de sa jolie sœur Hester, transformées pour elle. Elle avait horreur de ces visites chez la couturière du village, qui resserrait avec des épingles les corsages sur sa poitrine menue, changeait la longueur de la jupe et s'efforçait d'ajuster sur ses épaules un fichu de mousseline qui avait depuis longtemps perdu sa fraîcheur. Les toilettes ne la préoccupaient pas beaucoup; cependant, plus elle grandissait, plus elle découvrait de la surprise dans les regards quand on apprenait qu'elle était la sœur de Hester Belvil.

Il aurait été absurde et faux de dire que ces

choses ne la blessaient pas. Elle essayait de ne pas y penser, de se dire que c'était sans importance, mais ce n'était pas toujours facile.

Elle n'était pas jalouse de Hester, elle l'aimait même. Mais elle ne pouvait s'empêcher de penser que sa sœur n'avait, à part sa beauté, rien d'extraordinaire. Elle était certes très gentille mais sa sottise exaspérait parfois la pauvre Lucinda. Les deux jeunes filles avaient si peu de choses en commun que Lucinda aurait trouvé sa solitude presque intolérable... si elle n'avait pas eu l'amitié du vieux Nat. C'était lui d'ailleurs qu'elle allait retrouver maintenant, comme elle avait pris l'habitude de le faire.

Lucinda le trouva en train de brosser Seagull, sa jument préférée. Nat était un petit homme desséché, approchant de la soixantaine.

– Bonjour, miss Lucinda.

Il porta respectueusement l'index à son front, puis jeta une couverture sur le dos de Seagull, qui piaffa un peu pour montrer qu'elle avait du caractère.

– Elle est superbe, dit Lucinda, sachant que Nat serait flatté de cette remarque.

– Si elle ne gagne pas la coupe pour vot'père le mois prochain, elle sera au moins la plus belle jument de la course!

L'espace d'un instant, Lucinda pensa qu'il serait terrible d'avoir à dire à Nat qu'il allait être congédié et Seagull vendue. Est-ce qu'il l'aurait supporté? Lucinda savait que, si cela devait arriver un jour, la vie n'aurait plus de sens pour lui.

– J'ai quelque chose à te montrer, Nat, dit-elle presque timidement.

Elle tendit vers lui sa main qu'elle avait tenue cachée jusqu'alors dans les plis de sa robe de mousseline. Ses doigts étaient longs et bronzés par le soleil, alors que sa mère lui avait mille fois défendu de sortir sans gants.

En fait, Lucinda avait de très jolies mains, mais personne ne songeait à les remarquer.

Nat poussa une exclamation de surprise. Ses petits yeux d'oiseau demeuraient fixés sur l'annulaire de Lucinda, fascinés par l'énorme bague qu'elle portait. Le diamant central, entouré de brillants plus petits, jetait mille feux.

– Elle est arrivée hier, dit Lucinda. Elle fait partie de la corbeille de mariage qui m'a été envoyée par mon fiancé.

» Et il y avait d'autres bijoux qui l'accompagnaient, des bijoux de famille, je crois : un collier, un bracelet et des boucles d'oreilles. Maman dit que je suis trop jeune pour porter des boucles d'oreilles.

– Ça doit valoir une fortune, dit Nat, d'un ton songeur. Je parie que nous aurions de quoi payer une bête superbe avec ça.

– Tu ne m'imagines pas portant un cheval au doigt ? dit Lucinda en riant. Nat, je te dis que je vais épouser le comte de Meridan. L'annonce de notre mariage a paru dans la *London Gazette* d'hier.

– Ah! oui? dit Nat d'un ton presque revêche. J'espère que vous serez heureuse, miss Lucinda. En tout cas, vous nous manquerez ici.

– Tu me manqueras aussi, Nat, répondit-elle.

Elle le suivit dans la sellerie, s'assit sur un banc et le regarda ranger la brosse avec laquelle il venait de brosser Seagull.

– J'aimerais voir ce Meridan. De quoi a-t-il l'air? demanda Nat.

– Tu l'as déjà vu, Nat, dit Lucinda doucement.

– Moi? fit Nat, stupéfait. Il n'a pourtant jamais séjourné chez vot'père.

– Non, bien sûr. Je ne crois pas qu'il trouverait la maison assez digne de lui. Mais tu te rappelles, Nat, le jour où tu m'as emmenée à ce combat de boxe, à Colney Heath?

– Si je me le rappelle! Je n'aurais jamais dû vous y emmener. Heureusement que lady Belvil était en voyage et que personne ne lui a dit qu'on nous avait vus là-bas.

– Je t'ai déjà dit qu'elle n'en saurait jamais rien. Comme tu étais nerveux, ce jour-là! Avoue tout de même que tu ne le regrettes pas.

– C'était un beau combat, pour ça oui. C'est rare de voir ça : quinze rounds sans K.O....

– Mais tu te rappelles, Nat, quand nous sommes arrivés dans notre vieil attelage, nous avons coupé la route d'un cabriolet jaune et noir, et dont le propriétaire furieux, nous avait copieusement injuriés.

Ce sont des mots qu'il vaut mieux ne pas répéter, mademoiselle. Et si cet homme avait eu quelque éducation, jamais il n'aurait dû les prononcer devant une dame.

– Je n'étais pas une dame pour lui, dit Lucinda. Tu te rappelles qu'il a crié : « Vous et votre fichue gamine... ôtez-vous de là! »

– Oui, et ses yeux lançaient des flammes. Mais j'avoue avoir fait plus attention à ses chevaux qu'à lui... C'était la plus belle paire d'alezans que j'aie jamais vue.

– Moi, c'est lui que j'ai remarqué. Il était superbe, terrifiant, il m'attirait et me faisait peur. Cette homme est un maître, Nat.

– Oui, c'est un maître, reconnut Nat, comme à contrecœur.

– Eh bien! Nat, cet homme, c'était le comte Sebastian de Meridan.

– Et c'est lui que vous allez épouser?

Il se hâta de tousser, comme pour couvrir un juron qu'il aurait regretté de prononcer devant elle.

Le silence s'installa entre eux. Nat prit une selle et fit mine d'être très occupé à la réparer.

Lucinda l'observait, sachant qu'il était en train de ruminer ce qu'elle lui avait annoncé. Elle se demanda ce qui se passait derrière ses yeux bleus qui lui paraissaient si vifs.

C'était dans cette sellerie qu'elle venait depuis qu'elle était toute petite confier à Nat ses soucis, ses problèmes, ses chagrins. Elle venait quand sa mère l'avait grondée – ce qui arrivait souvent. Elle venait quand elle avait été punie et que Hester, si imperturbablement belle, lui avait fait de la peine.

Elle venait aussi quand elle était heureuse, car Nat, à ses yeux, possédait toute la sagesse du monde enfermée dans sa vieille tête ronde : elle apprenait de lui plus que ne pouvaient lui enseigner son père, sa mère ou sa gouvernante.

– Nat, demanda-t-elle soudain, quand tu allais livrer un combat contre un adversaire beaucoup plus fort que toi, est-ce que tu avais peur?

– Vous me demandez si j'avais peur? Celui qui vous dira qu'il n'a pas peur quand il monte sur le ring est un menteur. On a une drôle de sensation dans le creux de l'estomac et comme un serrement à la gorge. Mais on est excité aussi et on sait qu'avec un peu de chance on va peut-être gagner.

– Tu en es sûr? demanda Lucinda.

– A condition d'être un vrai lutteur, bien entendu.

Lucinda ne quittait pas Nat des yeux et il y avait presque une supplication dans son regard.

– Qu'est-ce qui prouve qu'on est un vrai lutteur? demanda-t-elle.

– Le courage. C'est le courage qui compte. Le courage avec en plus un rien d'optimisme, un rien de foi, et peut-être même un rien de superstition. Mais tout ça, vous l'avez toujours eu, miss Lucinda. Même la façon que vous avez de ne pas être sage, comme ils disent, c'est quand même ça... Comme quand vous m'avez charmé pour que je vous emmène à Colney Heath.

– Merci de m'avoir dit ça, Nat! Parce que j'ai le pressentiment que c'est de courage dont je vais avoir besoin... de beaucoup de courage. Sebastian de Meridan ne sait pas encore que c'est moi qu'il épouse et non ma sœur; quelle sera donc sa réaction le jour de notre mariage?

Elle quitta la sellerie sans ajouter un mot. Nat la suivit un long moment du regard.

– Que le diable emporte ce Meridan! murmura-t-il entre ses dents cassées. S'il n'est pas gentil avec miss Lucinda, je jure que je le tuerai de mes propres mains. Mais pourquoi aurait-il dû épouser miss Hester?

Ne trouvant pas de réponse à sa question, Nat s'était remis au travail...

★

Sans se douter le moins du monde qu'il était l'objet de sentiments aussi meurtriers, Sebastian de Meridan prenait le petit déjeuner dans sa maison de Berkeley Square lorsque son maître d'hôtel vint lui annoncer que le colonel Holstead serait heureux s'il pouvait lui accorder quelques instants.

– Faites-le entrer, dit lord Meridan d'un ton sec.

Quelques secondes plus tard, le colonel Holstead, un jeune homme d'une trentaine d'années, au teint clair, pénétra dans la pièce, resplendissant dans son uniforme d'officier de la Garde de Sa Majesté.

– Bonté divine, Charles! s'exclama Meridan. Pourquoi ce déguisement à cette heure matinale?

– Je suis de service dans une demi-heure, dit le colonel, et comme je voulais vous voir, je suis passé avant de rejoindre mon quartier.

– Vous brillez comme un clairon tout neuf. De grâce, asseyez-vous. Cognac ou café?

– Cognac!

Le maître d'hôtel lui en versa un verre et plaça la carafe devant lui.

– Vous voulez manger quelque chose?

Le colonel fit la grimace.

– Cette simple idée me rend malade, dit-il. Je me suis couché à 4 heures du matin. Le prince a absolument voulu aller à l'Almack et, de là, à la Maison Blanche puis dans quelques autres lieux avant de consentir à rentrer.

Voyant que son ami ne disait rien, le colonel reprit d'un ton hésitant :

– Franchement, Meridan, vous n'avez rien manqué.

– Qui aurait cru que ces maudites femmes étaient sérieuses? s'exclama lord Meridan.

– Le comité de l'Almack, vous voulez dire? Oh! elles sont on ne peut plus sérieuses. Elles deviennent plus tyranniques de jour en jour. Mais il faut avouer que vous avez mis leur patience à rude épreuve en y emmenant ce soir-là cette danseuse espagnole.

– Je me demande pourquoi on continue à y aller, dit lord Meridan d'un ton maussade.

– C'est assez écœurant, je l'avoue. Mais tant que Son Altesse Royale tiendra à s'y rendre pour voir milady, nous n'y pourrons rien.

– Si vous croyez que je vais battre la semelle la moitié de la nuit jusqu'à ce que Monseigneur se lasse de la haute société et condescende à aller s'amuser ailleurs, vous vous trompez fort, dit Meridan, repoussant son assiette d'un geste sec. Tout ceci est absurde et humiliant à l'extrême. On devrait mettre le feu à l'Almack, un point, c'est tout.

– Vous êtes déprimé, mon vieux; mais croyez bien que nous sommes de tout cœur avec vous. Vous n'avez vraiment pas eu de chance. J'ai vu l'annonce dans la *Gazette* d'hier. Alors, vous avez suivi le conseil de lady Jersey? Sachez, en tout cas, que tout le monde dit que la jeune Belvil est une très jolie fille et qu'elle sera superbe avec les diamants des Meridan. J'espère qu'elle n'est pas dépourvue d'esprit?

– Je n'en ai pas la moindre idée, fit Meridan d'un ton morne. Je ne l'ai pas rencontrée.

– Vous ne l'avez pas... quoi? s'exclama Charles Holstead, stupéfait. Vous voulez dire que vous avez demandé sa main sans la voir?

Lord Meridan bâilla.

– J'ai envoyé une lettre à son père, pour lui demander la main de sa fille. Il ne pouvait guère refuser, il me doit trente-cinq mille livres.

– Trente-cinq mille livres! Voilà une femme qui vous coûte cher!

– C'est sans grande importance. Comme vous dites, elle est jolie, elle fera donc honneur aux diamants de ma famille et, le moment venu, me donnera un héritier. Il serait navrant que toute notre fortune aille à mon cousin.

– Je vous trouve bien cynique, dit Holstead.

– C'est bien la première fois qu'on m'accuse d'une chose pareille, dit Meridan avec un sourire ironique.

Holstead éclata de rire.

– C'est, ma foi, vrai! Mais que pense Juanita de votre futur mariage?

– Elle a dû prendre quelques jours de repos à Kew. Elle n'était pas très bien. Elle danse ce soir à Covent Garden. Vous y viendrez?

– Si c'est une invitation, bien sûr. Nous dînons ici comme d'habitude?

– Comme d'habitude. Walter a promis d'amener quelques amies exceptionnelles. Si j'étais vous, je ne résisterais pas.

Charles Holstead regarda la pendule sur la cheminée.

– Je dois partir. Mais je ne vous ai toujours pas dit pourquoi j'étais venu. Je reçois chez moi à Newmarket à la fin d'avril. J'aimerais que vous veniez. Je vous promets un beau combat : Joe Bletcher contre Bill Fielden.

– C'est à quelle date? demanda lord Meridan.

– A partir du 28.

– Désolé, dit lord Meridan, mais je ne peux rien faire pour le 28. C'est le jour de mon mariage.

– Quel dommage! commença Charles Holstead.

Lord Meridan le fit taire aussitôt en disant :

– Mais je vous rejoins le 29. Je ne veux pas manquer ce match.

Le colonel le regarda un instant, ahuri, puis se mit à rire.

Il riait encore quand il quitta la maison, quelques instants plus tard.

★

Quand son ami fut parti, lord Meridan alla jusqu'à la cheminée et sonna.

Un valet de pied apparut presque aussitôt.

– Milord a sonné?

– Ma voiture, dit lord Meridan d'un ton bref.

– Elle vous attend, milord.

Cinq minutes plus tard, la calèche s'arrêtait devant une petite maison d'allure discrète. Le valet de pied descendit et sonna. La porte fut ouverte par un domestique en livrée flamboyante.

Le domestique le précéda dans l'étroit escalier. Il ouvrit la porte du salon et annonça :

– Sa Seigneurie!

Un petit cri de ravissement monta du canapé où une femme était étendue.

– Sebastian! *darling*! cria-t-elle dans son mauvais anglais en se précipitant vers lui. Je vous attends depuis si longtemps!

Elle se jeta à son cou, se pressa contre lui, attira sa tête vers la sienne. Il l'embrassa, sans enthousiasme et, repoussant cette femme qui s'offrait à lui, il alla s'asseoir dans un fauteuil.

– Voyons, dit-il, ce repos vous a-t-il fait du bien?

– Merci, je vais très bien, répondit Juanita da Riva.

Elle n'était pas grande mais possédait un corps superbe et une ample chevelure rousse dont les boucles tombaient sur la peau claire de sa gorge; ses immenses yeux noirs pouvaient lancer des éclairs de rage ou de défi ou devenir d'une douceur de velours quand elle voulait se faire aguichante.

Elle était née à Madrid. Sa nature ardente et sa grâce toute sensuelle avaient captivé bien des hommes avant lord Meridan.

– Vous êtes toujours aussi séduisante, lui dit-il en laissant son regard s'attarder sur elle.

– Pourquoi n'êtes-vous pas venu plus tôt?

– J'étais occupé.

– Je ne vous crois pas. Il y a une autre femme?

– Pas de quoi vous rendre jalouse, dit-il. Mais je suppose qu'on vous a déjà dit que j'allais me marier.

Juanita poussa un cri et porta la main à sa poitrine.

– Vous marier? Vous plaisantez!

– Sûrement pas, dit lord Meridan, très calme. J'épouse une très jeune fille qui fera ce qu'on lui dira de faire. Elle ne me gênera en rien. Elle portera mon nom, et, bien entendu, sera traitée avec respect. Il n'y aura plus de scandales autour de mon nom. Nous nous abstiendrons de paraître en public là où on comptera sur la présence de ma femme. Voilà tout. Mais à part cela, ma chère, il n'y aura rien de changé à nos arrangements. Comme je viens de vous le dire, vous êtes très... très séduisante.

Juanita était près de lui, il la regarda et vit qu'un combat se livrait en elle.

Devait-elle faire une scène? Ou accepter? Elle ne savait que trop combien il détestait être contrecarré et il ne supportait pas qu'on n'acceptât pas ses décisions. Un instant, elle fut tentée de se livrer à sa colère.

Puis elle se souvint que pour les jeunes aristocrates anglais les épouses n'avaient pas la moindre importance. Elles ne sortaient que rarement, mettaient des enfants au monde et assistaient peu aux réunions mondaines.

Comme Sebastian l'observait, elle comprit qu'avant tout elle devait le garder; il épouserait cette jeune fille, certes, mais c'est à elle, Juanita, qu'il réserverait son amour.

Elle tenait à lord Meridan comme elle ne s'était jamais attachée à aucun homme.

– Sebastian...

Elle murmura son nom d'un ton qui ne pouvait manquer de l'émouvoir.

– Oui?

Il attendait, sachant qu'il était le vainqueur, sachant qu'elle n'oserait pas le défier.

– Cela m'est égal, dit-elle doucement, mariez-vous, mais n'oubliez pas Juanita!

Une seconde plus tard, elle était dans ses bras.

★

Sir Edward entra dans la pièce tout souriant, en se frottant les mains.

– Tout est réglé, dit-il. Le notaire du comte vient de repartir pour Londres.

Lady Belvil leva les yeux vers lui.

– Le contrat est généreux alors? questionna-t-elle, devinant la réponse sur le visage de son mari.

– Très, très généreux, je l'avoue.Tu as beaucoup de chance, Lucinda, ajouta-t-il, se tournant vers sa fille. J'espère que tu n'oublieras pas d'exprimer ta gratitude à Sa Seigneurie.

Lucinda était assise devant la coiffeuse et une femme de chambre arrangeait un voile de dentelle sur sa tête.

– Est-ce qu'il m'a donné de l'argent personnel que je pourrai dépenser comme je le voudrai, papa? demanda-t-elle.

Sir Edward parut quelque peu choqué par cette question.

– Je pense, Lucinda, dit-il, que tu devrais attendre d'être mariée pour que ton mari t'explique la complexité des questions financières.

Lucinda se leva et s'approcha de son père.

– Papa, dit-elle, je veux savoir exactement combien d'argent j'aurai à dépenser pour moi.

Comprenant que son insistance pouvait être mal interprétée, elle ajouta avec tact :

– Je voudrais acheter des cadeaux, pour toi... et maman, et Hester, bien sûr.

Lady Belvil, qui était occupée avec Hester à remplir une grande malle de voyage en cuir posée au centre de la pièce, intervint :

– Je crois, Edward, dit-elle de son ton calme, qu'il serait sage que Lucinda sache exactement de quelles sommes elle peut disposer. Elle n'a jamais eu d'argent à elle et ce pourrait être désastreux si elle s'imaginait pouvoir se lancer sans risque dans n'importe quelles extravagances.

– Lucinda aura beaucoup de mal à dépenser tout ce que lord Meridan a mis à sa disposition, répondit sir Edward.

– Je vois que tu as le contrat, papa, dit Lucinda. Alors, explique-moi les choses brièvement. Tu sais combien tout cela me semble difficile à comprendre.

– En bref, ton mari te constitue un capital de cinquante mille livres dont tu pourras dépenser le revenu à ton gré.

– Cinquante mille livres! s'écria lady Belvil.

Lucinda ne dit rien, mais porta une de ses petites mains à sa gorge comme pour s'assurer qu'elle était toujours vivante.

– Je suis contente pour toi, Lucinda, dit Hester.

Lady Belvil regarda sa fille aînée et son expression s'assombrit. Avec ses joues rougies d'avoir été penchée sur des malles et ses cheveux d'or un peu défaits, elle réussissait cependant à être incroyablement belle.

– Hester, dit lady Belvil brusquement, écoute-moi, il est encore temps de changer d'avis. C'est toi qui devrais épouser lord Meridan. Tu aurais de l'argent, tu vivrais à Londres, tout le monde t'admirerait. Change d'avis, Hester! Lucinda comprendra; si elle prend ta place, ce n'est que pour te rendre service.

Lucinda regarda sa sœur, mais ne dit rien. Elle n'avait pas encore revêtu sa robe de mariée, mais portait déjà le jupon bordé de dentelle et son corselet qui mettait en valeur ses formes graciles. Son cœur se mit soudain à battre violemment. Elle regardait et écoutait, car tout son avenir se jouait en cet instant.

– Réfléchis, Hester, je t'en supplie! disait lady Belvil. Songe à ce que tu refuses pour épouser ce Colin sans fortune.

– Tu ne comprends pas, maman, répondit Hester. J'aime Colin. Je ne veux épouser personne d'autre. Je ne pourrais pas épouser quelqu'un que je n'ai jamais vu. Lucinda est courageuse! Moi, je ne l'ai jamais été, ce Meridan est peut-être très laid alors que Colin est beau. Le comte de Meridan a demandé une Belvil en mariage et, s'il ne m'épouse pas, il ne perd pas au change.

Lady Belvil se détourna et fit mine de fouiller dans les tiroirs d'une commode. Lucinda savait très bien que ce que sa mère essayait de cacher, c'était son irritation et sa profonde déception. Déception que sa fille préférée ne devienne pas lady Meridan, et que sa cadette, moins jolie, qu'elle n'avait jamais beaucoup aimée, se voie offrir un avenir si enviable.

Sir Edward regarda sa montre.

– Il est 1 heure, dit-il. Nous avons encore une heure avant de partir pour l'église. Je ne comprends pas pourquoi Meridan veut se marier si tard. 2 heures et quart! C'est inouï!

– Oh! Lucinda, dit Hester en souriant, comme je

voudrais que ce soit déjà mon mariage à moi. Mais il n'y a plus que quelques mois à attendre. Promets-moi que tu viendras; je ne supporterais pas que tu ne viennes pas!

– Bien sûr, je viendrai, et je t'offrirai le plus beau cadeau qu'une mariée ait jamais eu.

Hester prit Lucinda dans ses bras et l'embrassa.

– Merci, Lucinda. J'espère seulement qu'en te sacrifiant pour moi tu seras aussi heureuse que nous allons l'être, Colin et moi.

Lucinda ne dit rien. Quand Hester fut sortie à son tour, elle retourna à son miroir et examina son image d'un regard troublé.

– Agnès, dit-elle à la femme de chambre, rends-moi un service. Envoie quelqu'un chercher Nat à l'écurie.

– Nat est en bas; il aide à mettre les tables.

– Dis-lui que je le demande, s'il te plaît, et n'oublie pas de le prévenir que je ne suis pas dans ma chambre.

– Bien, miss Lucinda, mais milady ne va pas être contente si elle le voit dans les étages.

Quand Agnès fut partie, Lucinda revint à son miroir. Un instant, elle crut qu'elle avait l'air apeurée, mais ce n'était qu'un effet de lumière. Il n'y avait aucune crainte dans ses yeux sombres et sa bouche était ferme.

★

Lucinda n'aurait pu dire depuis combien de temps elle était là quand un coup frappé à la porte la fit sursauter.

– Entre! cria-t-elle, et Nat pénétra dans la pièce avec des airs coupables.

Il portait sa veste de cheval et avait nettoyé sa

vieille culotte jusqu'à en faire disparaître la moindre tache. Ses bottes brillaient comme deux miroirs et son col-cravate était plus blanc que la robe de satin qui attendait Lucinda sur le lit.

– Bonjour, miss Lucinda, dit-il gaiement.

– Bonjour, Nat. Tu n'as pas oublié ce que je t'ai dit?

– Non; Joe attendra à l'église et le petit Benjamin sera au tournant de l'allée. Dès que milord arrivera, Joe agitera son mouchoir et, dès que Benjamin le verra, il courra jusqu'ici vous prévenir.

– Parfait, dit Lucinda, ne t'inquiète pas, Nat, si je n'arrive pas tout de suite.

– Vous arriverez en retard? dit Nat, avec un sourire malicieux sur les lèvres. On dit que c'est le privilège des dames.

– Oui, j'arriverai en retard, murmura Lucinda. Si j'ai de vrais ennuis, je t'appellerai, Nat, dit-elle. Tu viendras, n'est-ce pas?

Il marmonna une réponse qu'elle crut être affirmative, mais il était si ému qu'il n'était pas capable de parler clairement. Il se hâta de quitter la pièce.

Lucinda alla vers la fenêtre.

De là, elle voyait au bout du parc la tour carrée de la petite église romane dans laquelle elle allait se marier. Les équipages y arriveraient et tous leurs amis se presseraient dans l'église... dévorés de curiosité à l'idée de voir le célèbre comte de Meridan dont on avait tant parlé.

Jusqu'au fond du comté, les gens savaient sur quel pied il vivait, qu'il avait pour amis des libertins et qu'il entretenait des rapports étroits avec le prince de Galles.

Lucinda savait que l'annonce de ses fiançailles avait d'abord été accueillie avec beaucoup de réserve.

– Lucinda? Ce doit être une erreur. Hester peut-être... mais Lucinda, c'est impossible!

De plus, le bruit des conversations de Saint-James et Pall Mall s'était vite répandu jusqu'au fond du Hertfordshire, disant que Lucinda n'avait jamais vu son futur mari et qu'il ne s'agissait en fait que d'un mariage de raison.

Il n'était que de voir l'expression des visages et d'entendre l'inflexion des voix pour imaginer tous ces gens, se racontant à l'abri de leurs murs et disant avec des rires étouffés :

– C'est donc pour s'acheter une conduite qu'il l'épouse!

Agnès entra en courant dans la pièce.

– Le temps passe, miss Lucinda, il faut que je vous habille.

– Mais oui, habille-moi, Agnès.

Agnès prit la lourde robe de satin sur le lit et aida Lucinda à la revêtir.

2

– Je n'aime pas cette robe, dit-elle, sans se rendre compte qu'elle parlait tout haut.

– Miss Lucinda, cette robe a coûté une petite fortune! Il n'y a pas une jeune fille dans le pays qui en ait eu une plus belle depuis vingt ans.

Lucinda était sûre qu'Agnès disait vrai, car elle portait un intérêt démesuré aux mariages.

– Je suis désolée, Agnès; mais ce n'est pas le genre de robe qui me convient.

A cet instant, Jarvis, le vieux jardinier, passa la tête dans la porte entrebâillée.

– Vous êtes prête pour le bouquet, miss Lucinda?

Il tenait à la main un bouquet de roses blanches et d'œillets, noué d'un gros ruban de satin blanc.

– Il est beau, n'est-ce pas? dit-il avec une joie naïve.

– Magnifique! dit Lucinda, presque machinalement. Merci, Jarvis.

– Je vais vite à l'église, miss Lucinda. Bonne chance!

Jarvis salua et quitta la pièce.

Lucinda posa le grand bouquet sur le lit.

Quand elle entendit partir la voiture qui emmenait ses parents et sa sœur, Lucinda ramassa ses jupes et monta en courant à l'étage. Elle ouvrit la porte de la chambre de sa sœur, alla droit à l'armoire et commença à fouiller les rayons. Elle trouva bientôt ce qu'elle cherchait.

C'était une couronne de roses rouges qu'Hester avait portée avec une de ses robes de bal, la saison précédente, à Londres. De petites roses, à peine en bouton, d'un rouge vif, brillantes comme des rubis. Devant le miroir, Lucinda ôta de sa tête le diadème de fleurs d'oranger qu'Agnès y avait fixé et le remplaça par les roses rouges. Puis elle rejeta son voile en arrière.

Les roses paraissaient donner à sa taille quelques pouces de plus et, à son teint, un éclat inaccoutumé.

Ouvrant une autre armoire, Lucinda examina les robes d'Hester pendues en rang. Tout au bout, dans un coin, parce qu'Hester la portait très rarement, il y avait une robe de bal avec des rubans bleus maintenus par de petits bouquets de roses assortis à la couronne.

Lucinda défit hâtivement un de ces bouquets et descendit dans la chambre d'amis. Devant la glace, elle épingla les roses à son corsage. L'effet de cette tache de couleur vive sur le fond de satin blanc et de dentelle était assez surprenant.

Elle entendit la pendule sonner 1 heure. Lord Meridan aurait dû être là, mais Lucinda avait le sentiment qu'il la ferait attendre, peut-être pas de propos délibéré, mais parce qu'il n'était pas encore particulièrement préoccupé de ce que sa future femme pouvait éprouver. Elle prit, à la place de son bouquet, un livre de prières et descendit dans le hall.

Lucinda ne se trompait guère en pensant que Meridan serait en retard.

Il avait en fait quitté Londres après avoir déversé

sur ses gens un flot de mauvaise humeur, d'injures et de récriminations parce qu'il s'était aperçu que la robe d'un des chevaux de la calèche qui devait l'emmener jurait avec celle des autres.

On avait donc opéré un changement à la dernière seconde. On avait attelé des bais à la place des alezans, spécialement choisis par Meridan pour impressionner ses futurs beaux-parents.

Le colonel Holstead, qui devait lui servir de témoin, s'efforçait de le calmer :

– Nous avons largement le temps, Sebastian. Vos bêtes vont toujours plus vite que les autres.

– Ce n'est pas d'être en retard qui m'inquiète, mais le fait que mon cocher ait cherché à me tromper.

– Vous faites peur aux gens, dit Holstead, en reprenant un peu de vin. Si vous voulez la vérité, je suis de plus en plus navré pour cette malheureuse créature qui a promis de vous épouser.

– Ce n'est pas une si mauvaise affaire pour elle.

– Vous voulez dire que vous avez été généreux?

– Qu'imaginez-vous donc? demanda Meridan d'un ton irrité. Que j'allais consacrer à la future comtesse de Meridan quelques misérables shillings? Puisqu'on m'a forcé à acheter une femme, autant la payer un bon prix.

Holstead demanda avec un sourire ironique :

– Pour apaiser votre conscience?

– Ridicule! fit lord Meridan sèchement.

– En tout cas, ce n'est pas le genre de mariage qui me tenterait. Je ne suis pas plus romanesque qu'un autre, mais j'aimerais épouser quelqu'un avec qui je puisse éventuellement échanger quelques phrases. Ces filles de nourrice sont si tristes! Après tout, une femme habite la maison de son mari.

– La mienne est assez grande pour que nous ne

nous y rencontrions jamais, si besoin est. Mais peut-être miss Belvil a-t-elle de la conversation... Qu'en savez-vous?

Charles Holstead éclata de rire :

– Mon cher Sebastian, vous êtes décidément trop sûr de vous. Du moment que vous vous mariez, vous êtes sûr que ce sera une perle qui aura toutes les qualités que vous attendez d'une épouse... uniquement parce que ce sera la vôtre.

– Et pourquoi pas?

– Allons, je ne vais pas me disputer avec vous le jour de votre mariage.

– Je ne vois vraiment pas en quoi c'est un jour différent des autres, sinon que j'ai dû me lever à une heure indue. Après m'être couché si tard.

– Vous vous levez bien plus tôt quand vous allez à Newmarket ou à la chasse. Ce qui vous met dans un état pareil, c'est plutôt l'idée de vous marier!

– Cette lady Jersey... je lui revaudrai ça un jour! Elle avait bien besoin de s'occuper de ce mariage!

– En tout cas, monseigneur commence à être fatigué d'elle, fit remarquer Charles Holstead.

– Oui, cela ne date pas d'aujourd'hui, mais elle s'accroche! Mon Dieu, Charles, j'espère que ma femme ne sera pas comme elle.

– Allons voir ce qu'il en est sur place.

Ils quittèrent Berkeley Square et prirent la direction du nord. Ils s'arrêtèrent à un relais à moins de cinq kilomètres de leur destination.

Lord Meridan manifesta de l'agacement parce que le vin était de pauvre qualité et la chambre où il monta se rafraîchir avant de partir pour l'église mal meublée.

– Mon Dieu, Sebastian, dit son ami, vous savez fort bien que la moitié du comté n'aurait été que trop heureux de vous recevoir et de vous coucher.

– Et vous, vous savez que je devais être à Londres, cette nuit.

– Uniquement parce que Juanita a insisté. Je crois qu'elle est jalouse de ce mariage, Sebastian.

– Jalouse? Pourquoi donc?

– Elle vous aime!

– M'aimer?

Lord Meridan eut un rire sans joie.

– Mon cher Charles, cette sorte de créatures vont au plus offrant! Et les femmes respectables ne valent guère mieux. Je n'ai pas encore rencontré de femme dont le cœur ne batte plus vite à la vue d'un diamant.

– Vous êtes cynique, Sebastian. Je vais vous dire ce qui va vous arriver un jour. Vous tomberez amoureux, croyez-moi. Je suis prêt à le parier.

– D'accord! Cinq cents livres, ça vous va?

– J'irai plus loin, dit Charles Holstead, soudain très grave. Je vous fixe une limite dans le temps. Deux ans me paraît bien. Voyons, vous avez vingt-sept ans. Je parie cinq mille livres que vous serez amoureux avant le 28 avril 1805.

– D'accord! Mais, Charles, pourrez-vous me payer?

– Je n'aurai pas à le faire, dit Holstead gaiement. Avec vos cinq mille livres, je monterai mon propre ménage.

– Vous êtes fou à lier! A propos, n'oubliez pas que je viens chez vous après-demain.

– Vous ne croyez pas que vous devriez attendre, avant d'en décider, d'avoir vu votre femme?

Lord Meridan se leva d'un geste si violent que les verres tombèrent sur la table.

– Allons, venez! dit-il. Finissons-en avec cette

farce. Toutes ces histoires d'amour et de mariage me rendent malade.

Finalement, il était près de 3 heures quand leur calèche s'arrêta devant l'église du village.

Lord Meridan descendit de voiture sans hâte, ne prêtant pas la moindre attention aux murmures des paroissiens rassemblés, pas plus qu'il ne remarqua un garçon d'honneur qui venait prévenir lady Belvil de son arrivée. Lady Belvil prit son flacon de sels, car elle se sentait défaillir d'émotion.

Lord Meridan ne répondit pas aux villageois entassés qui lui criaient : « Bonne chance! »

Au milieu des gens qui attendaient sous le porche, il vit une jeune fille blonde extrêmement jolie, aux yeux bleus et au visage angélique, dont la beauté aurait attiré l'attention de n'importe quel homme.

Peu habitué aux cérémonies de mariage, il crut, en la voyant se tourner vers lui, qu'elle était la fiancée. Mais, déjà, elle faisait une révérence et disait :

– Je suis Hester... votre future belle-sœur.

Il entendit Charles Holstead pousser une exclamation de surprise derrière lui et, croyant qu'il voulait être présenté, se retourna et dit :

– Voici le colonel Charles Holstead, mon garçon d'honneur.

– Je vous ai vue l'an dernier, dit Holstead. Ce devait être à l'Almack, car je ne vais jamais aux bals. Je me souviens de vous, mais j'ignore votre nom.

– Je m'appelle Hester Belvil, dit-elle en souriant timidement, et je suis la sœur de la mariée.

– Est-ce que votre sœur est aussi belle que vous? On m'a dit qu'elle était extraordinaire. Elle était à Londres aussi l'an dernier, n'est-ce pas?

– Non, ma sœur n'a jamais été à Londres, dit Hester.

Elle était bien trop candide pour comprendre la stupéfaction que venaient de faire naître ses paroles.

– Nous entrons? demanda lord Meridan d'un ton plutôt déplaisant.

– Oui, oui, bien sûr, dit Hester.

L'église regorgeait de monde et lord Meridan eut soudain conscience d'être très fatigué. Il s'était couché aux premières heures du matin et avait bu beaucoup de cognac. Généralement, ces deux choses réunies le faisaient dormir comme une souche, mais, la nuit dernière, il n'avait fait que se tourner et se retourner dans son lit sans trouver le sommeil. Pourquoi avait-il accepté ce mariage?

Quand son valet de chambre était venu tirer les rideaux, il s'était senti soudain un violent désir de revoir sa demeure familiale de Meridan Park. Souvent, quand il en avait assez de la vie tumultueuse de Londres, il y faisait retraite et y retrouvait la paix, avec ses chevaux pour toute compagnie.

Mais, aujourd'hui, c'était moins la nostalgie de Meridan qui l'assombrissait que l'idée de ce qui se préparait pour lui.

Il ne voulait pas de femme. Il n'avait jamais voulu se marier. Et maintenant, il y était contraint... en grande partie à cause de cette lady Jersey qui ne l'avait jamais aimé parce qu'il avait repoussé ses avances.

Eh bien! il relèverait le défi, il arriverait à l'Almack avec son épouse et réintégrerait sa position. En fin de compte, sa vie ne s'en trouverait guère changée et il n'aurait eu que l'ennui de venir aujourd'hui jusqu'au fond du Hertfordshire se marier.

Au moins, songea-t-il, assis le dos tourné aux invités chuchotants, il aurait une jolie femme. Si la jeune fille rencontrée sous le porche était aussi jolie que sa sœur, il n'aurait certes pas à se plaindre; qui plus est, elle serait assez jeune pour lui obéir et assez respectueuse pour être digne de porter son nom.

Après tout, ç'aurait pu être pire. Il n'aurait pas à supporter ces raseurs campagnards et les discours du repas de noces puisqu'il avait prévenu qu'il repartirait pour Londres aussitôt après la cérémonie.

Il vit Charles tirer sa montre et la regarder avec une certaine perplexité et se rendit compte qu'ils étaient là depuis plus d'un quart d'heure.

Que faisait donc sa future femme?

– Qu'est-ce que nous attendons? chuchota-t-il à l'oreille de Charles.

– La mariée, dit Charles, avec une lueur d'amusement dans le regard.

– Pourquoi est-elle en retard?

– Elle a eu le bon sens de ne pas vous attendre ici. Je me demande qui lui a donné ce tuyau.

– Quelle impudence!

– Au moins, vous ne commencerez pas votre vie commune par des récriminations, dit Charles.

Son ami le regarda comme s'il trouvait que lui aussi ne manquait pas d'insolence.

A ce moment, un bruissement se fit entendre à l'entrée de l'église, les têtes se tournèrent et l'organiste qui, jusqu'alors, avait joué doucement et un peu faux, se mit à jouer fort et très faux.

– La voilà! dit Charles d'un ton joyeux.

Lord Meridan se leva très lentement. Il se demanda ce qu'il faisait là. C'était trop tard pour partir, mais il avait l'impression que quelqu'un lui avait tendu un piège et qu'il y était tombé.

Le pasteur attendait devant l'autel. La mariée passait entre les bancs. Sans se retourner, lord Meridan sentait qu'elle approchait pour venir se placer auprès de lui.

– Miséricorde! entendit-il une femme s'exclamer derrière lui. Qu'est-ce que Lucinda a mis sur sa tête?

La curiosité l'emportant, lord Meridan se retourna. Elle était plus près de lui qu'il ne le pensait et il se trouva regardant dans de grands yeux très sombres et remplis de larmes.

C'était un visage sans beauté, pas du tout ce à quoi il s'attendait. Il était surmonté d'une couronne de roses très rouges qui faisait de cette jeune fille une bien étrange mariée.

Lord Meridan ne comprit pas pourquoi sa colère s'adoucit soudain lorsque Lucinda posa sa main dans la sienne, pour le meilleur et pour le pire.

★

Lord Meridan se cala sur le siège de sa calèche d'un air maussade. Il fit disparaître d'une chiquenaude un pétale de rose qui était demeuré collé à son revers. La foule, qui criait : « Bonne chance! » et « Dieu bénisse les mariés! », ne savait pas encore que c'était la dernière occasion qu'elle aurait d'apercevoir le jeune couple.

Dans la sacristie, au moment des signatures, il y avait eu un échange de mots assez désagréables entre le père de Lucinda et le jeune marié.

– J'ai reçu votre lettre, milord, disait sir Edward d'un ton agressif. J'espère que je me trompe en pensant que vous désirez partir pour Londres immédiatement?

– Absolument pas, dit lord Meridan.

– J'ai fait préparer un repas de noces chez moi et Lucinda doit changer de robe.

– Si ma femme désire me suivre plus tard, elle le peut, dit lord Meridan d'un ton hautain. Je suis navré de ce contretemps, mais certaines affaires m'appellent à Londres de toute urgence.

– Je ne vois pas ce qu'il peut y avoir de plus important pour vous aujourd'hui que le fait d'épouser ma fille, fit remarquer lady Belvil.

Sur quoi, lord Meridan s'inclina dans sa direction, sans dire un mot, prouvant ainsi qu'il n'était pas de son avis.

– Ne vous inquiétez pas pour moi, je vous en prie, dit Lucinda. Je peux très bien voyager comme je suis.

Sa mère, à ce moment, la prit à part.

– Comment as-tu osé mettre cette couronne ridicule sur ta tête ? A-t-on jamais vu une mariée porter des roses rouges ?

– A-t-on jamais vu une jeune fille épouser un homme qu'elle n'avait encore jamais rencontré et partir pour Londres aussitôt après la cérémonie ? répliqua Lucinda.

Sa mère la regarda avec stupéfaction.

– Vraiment, Lucinda, il semble que ton nouveau titre te soit déjà monté à la tête !

Ce fut Hester qui éloigna l'orage :

– Je crois que l'organiste est prêt à jouer la *Marche nuptiale*, dit-elle, indifférente apparemment au fait que son père et son beau-frère parlaient de plus en plus fort et que sa mère et Lucinda se foudroyaient du regard.

Au son de sa voix, lord Meridan tourna les yeux vers Hester.

Elle portait une ample robe de mousseline blanche ornée d'un fichu, une couronne de muguet sur ses boucles blondes et un bouquet des mêmes fleurs à la main. Elle était absolument ravissante, et il sembla à Lucinda que la beauté d'Hester serait pour lord Meridan le plus beau souvenir de cette journée.

Elle le vit, en effet, serrer les lèvres et devina brusquement que c'était quelque chose qu'il faisait invariablement quand il était furieux.

– Partons, se hâta-t-elle de dire. Je suis prête.

Elle embrassa sa mère sans enthousiasme, mais se serra plus fort contre son père. Il était agacé, lui aussi; il murmura quelques reproches tandis qu'il l'embrassait sur la joue.

Lucinda posa ses doigts sur le bras de lord Meridan et ils traversèrent l'église au son de la *Marche Nuptiale*, sous les regards curieux, envieux et amusés des assistants.

Tandis que la calèche s'éloignait, lord Meridan, la lèvre toujours pincée, regardait droit devant lui. Il essayait de démêler les choses. Dans son esprit, il avait la désagréable impression d'avoir été dupé. Il se rappela la conversation de Charles Holstead avec sa belle-sœur et les mots d'Hester : « Ma sœur n'a jamais été à Londres. » C'était là la clef de toute l'histoire, il en était certain.

Lady Jersey avait parlé à sir Edward de sa jolie fille et un nombre incalculable de gens, après l'annonce de ses fiançailles, avaient dit à lord Meridan combien sa future épouse était ravissante et combien ils l'avaient admirée la saison précédente.

Tout s'expliquait.

C'était Hester qu'il avait eu l'intention de choisir pour épouse et c'était Lucinda qu'on lui avait imposée! Il comprenait qu'il n'avait pas été capable d'éviter le piège qu'on lui avait tendu et dans lequel il était irrévocablement tombé.

Il savait maintenant qu'il aurait dû refuser d'épouser Lucinda dès qu'elle était apparue sur les marches du chœur et qu'il avait vu son visage blanc entouré de cheveux noirs, alors qu'il s'attendait à une fiancée rose et blonde.

C'était cet alcool dont il avait abusé la veille au soir. Il était ivre quand il s'était couché et le seul moyen de lutter contre la fatigue avait été de continuer à boire, lui semblait-il.

L'alcool lui avait permis de se remettre en forme, mais avait, il ne l'ignorait pas, ralenti ses réactions et le vin de qualité inférieure qu'ils avaient bu au relais n'avait rien fait pour lui éclaircir les idées. Quel jeu imbécile il avait pu jouer! Il lui aurait suffi de partir tout de suite pour se retrouver libre.

Mais alors, tous ses arrangements n'auraient servi à rien et il n'aurait plus eu qu'à tout recommencer. Il porta, sans s'en rendre compte, sa main à son front et il entendit une voix dire à côté de lui :

– Vous êtes souffrant? Moi aussi. Je crois que je vais enlever ma couronne et mon voile.

Lord Meridan lança un regard sans indulgence à sa femme. Elle ne ferait sûrement pas honneur aux bijoux de la famille, comme tout le monde l'avait laissé entendre.

Alors qu'il essayait de trouver des mots pour exprimer ses soupçons et sa colère devant ce qui venait de se passer, Lucinda dit :

– J'espère que vous n'avez pas été ennuyé que je porte une couronne de roses rouges. Maman était scandalisée, mais je savais qu'elle le serait. Je suppose que tout le monde à l'église a été choqué, mais j'étais si affreuse tout en blanc – je ressemblais à un fantôme – et ce n'est pas le moment d'avoir l'air d'un fantôme le jour de son mariage, n'est-ce pas?

– Vous n'avez jamais été à Londres? lui demanda lord Meridan d'un ton accusateur.

Lucinda comprit tout de suite.

– Alors, vous avez deviné?

– Je ne m'en suis vraiment rendu compte que lorsque je vous ai vue. D'après ce que tout le monde disait, je m'attendais à quelqu'un de très différent.

– A Hester? dit Lucinda aussitôt. Elle était déjà fiancée.

Il y eut un silence, puis Lucinda ajouta d'un ton presque provocant :

– Dans votre lettre, vous disiez seulement : « Votre fille. » Si vous vouliez Hester, il fallait le préciser... et papa aurait été obligé de refuser votre aimable proposition, bien sûr.

Lord Meridan ne manqua pas de remarquer la note d'ironie dans la voix de Lucinda.

– Votre père n'ignorait sûrement pas mes intentions. Il était là quand lady Jersey a parlé de la beauté de votre sœur. Elle ne pouvait parler de vous puisque vous n'aviez jamais été à Londres.

– Papa était dans l'ennui, dit Lucinda avec simplicité. C'est moi qui ai eu l'idée de sauver la fortune de la famille tout en me procurant un mari. Ils n'avaient d'ailleurs pas beaucoup d'espoir de m'en trouver un autrement.

Lord Meridan fut stupéfait de pareille franchise.

– Que voulez-vous dire? demanda-t-il.

– Regardez-moi, dit Lucinda.

Il obéit, mais il avait du mal à distinguer ses traits dans la pénombre de la calèche.

Il vit cependant qu'elle avait le teint pâle et les cheveux ébouriffés, maintenant qu'elle avait enlevé sa couronne.

Il n'y avait rien là de vraiment terrible, mais il savait que ce n'était pas le genre de femme qu'on lui envierait; or, il voulait être envié quand il exhiberait la nouvelle comtesse de Meridan, comme il l'était pour ses chevaux, ses tableaux, ses meubles, ses demeures magnifiques et sa position dans la haute société.

– Enfin, c'est fait, maintenant, dit-il, apparemment plus furieux contre lui-même que contre Lucinda.

C'était uniquement sa manière de faire les choses qui l'avait mené là. S'il avait eu le bon sens de voir sa fiancée, fût-ce une fois avant le mariage, il aurait tout annulé, il aurait pu tirer les trente-cinq mille livres de sir Edward Belvil et il n'aurait eu qu'à demander à n'importe quelle dame de la haute société londonienne de lui trouver une épouse convenable.

– Oui, c'est fait, entendit-il Lucinda dire avec un petit soupir. Ce n'était évidemment pas très beau, mais c'est votre faute aussi! Je n'imagine pas un homme achetant un cheval sans le voir... et encore moins une femme.

– Je pense que vous ne devriez pas dire ce genre de choses, fit remarquer lord Meridan, étonné de se sentir choqué.

– Pourquoi pas? fit Lucinda, ouvrant de grands yeux. Vous m'avez achetée, non? Les trente-cinq mille livres que vous devait papa, plus les cinquante mille pour moi. Peut-être voudriez-vous les reprendre?

– Seigneur, non! s'écria lord Meridan.

C'était la dernière chose qu'il s'attendait à entendre de la bouche de sa femme et il ne savait que répondre.

– Je crois que le mieux est d'être francs l'un avec l'autre, dit Lucinda. Après tout, je sais pourquoi vous m'avez épousée : pour réintégrer l'Almack.

Mais vous auriez préféré quelqu'un comme Hester pour présider votre table.

– Je n'ai pas dit ça, fit Meridan, horriblement gêné.

– Mais moi, si. Je n'ai aucune illusion sur moi-même. J'ai toujours déçu mes parents. Maman, surtout, disait que jamais elle ne ferait de moi une dame... C'est drôle quand on y pense.

– Ça ne me fait pas rire, dit lord Meridan d'un ton plutôt aigre.

– Non, bien sûr, dit Lucinda. Et je suppose que vous allez me trouver ennuyeuse auprès de toutes ces femmes extraordinaires que vous fréquentez à Londres. J'ai entendu parler de Juanita da Riva. Est-ce qu'elle est très jolie?

– Bonté divine! s'écria lord Meridan. Qui vous a dit ces choses? Comment osez-vous en parler? Vous n'avez donc aucune élégance d'esprit? Souvenez-vous que vous êtes ma femme. Alors, tâchez de faire honneur à votre rang.

– Excusez-moi, dit Lucinda d'un ton humble. Je n'aurais pas dû vous demander cela.

La calèche s'arrêta brusquement et Lucinda, se penchant, vit qu'ils étaient à un carrefour, à quelques kilomètres seulement de chez elle.

– Pourquoi nous arrêtons-nous ici? demanda-t-elle.

Et, à sa surprise, lord Meridan parut presque honteux.

– C'est que Charles Holstead doit retourner à Londres, dit-il, alors j'ai fait venir mon phaéton pour lui. Il doit être juste derrière nous et je... j'ai pensé qu'un peu d'air frais serait agréable, on étouffe dans ces calèches.

– Quelle merveilleuse idée! s'exclama Lucinda, ravie. Moi aussi, je déteste les calèches, elles me donnent mal au cœur. Je me demandais si je ferais le parcours jusqu'à Londres sans être malade. Un phaéton, c'est bien plus drôle et plus rapide.

Elle regarda par la vitre et poussa un cri de joie.

– Le voilà! Quels chevaux splendides... et parfaitement assortis! J'ai toujours rêvé de monter dans un phaéton.

Avant que lord Meridan n'ait eu le temps d'ouvrir la bouche, avant même que le laquais n'ait pu se précipiter de son siège pour ouvrir la portière, Lucinda avait bondi sur la route et courait vers le phaéton noir et jaune tiré par deux chevaux parfaitement assortis aux harnais étincelants.

Une fois de plus, lord Meridan se frappa le front. Impossible d'expliquer à cette enfant impulsive, car elle n'était rien d'autre, qu'il avait l'intention de la laisser continuer paisiblement jusqu'à Londres tandis que Charles et lui partiraient devant dans le phaéton. Il avait la désagréable impression que, s'il insistait pour qu'elle change ses plans, elle le braverait. Peut-être valait-il mieux, pour le moment en tout cas, la laisser faire, mais il faudrait bien que, tôt ou tard, il fasse acte d'autorité!

Il était sur le point de descendre quand il vit Lucinda revenir. Elle avait remonté sa traîne et il remarqua que, ce faisant, elle exhibait ses chevilles beaucoup plus qu'il ne convenait.

– J'ai oublié mon manteau, dit-elle gaiement. Je ne l'ai pas mis à la sortie de l'église parce qu'il est vieux et râpé, mais il est sur le siège à côté de vous. Si vous pouviez m'aider... C'est assommant d'avoir à relever mes jupes.

Docilement, parce qu'il ne savait que dire, lord Meridan descendit et posa le manteau sur les épaules de Lucinda.

– Ceci est beaucoup plus drôle qu'un repas de

noces, avec tous les discours. Vous avez eu raison de vouloir y échapper.

Elle s'éloigna et il nota, avec désapprobation, qu'elle grimpait dans le phaéton sans attendre d'être aidée par le valet de pied. Elle s'assit à côté de Charles, qui tenait les rênes, s'attendant visiblement à aller jusqu'à Londres entre son mari et le garçon d'honneur de celui-ci.

Lord Meridan se dirigea à pas très lents vers le phaéton.

– Dépêchez-vous, Sebastian! lui cria Charles. Les chevaux sont difficiles à tenir.

Lord Meridan grimpa sur le siège à côté de Lucinda. Elle eut un petit rire de plaisir et dit :

– C'est merveilleux!... Si seulement maman pouvait me voir. Elle s'évanouirait d'horreur.

– Ne vaudrait-il pas mieux, alors, que vous continuiez dans la calèche?

– Jamais de la vie! répliqua Lucinda avec dédain.

Charles fit claquer le fouet et ils partirent.

Lucinda sentait le vent lui fouetter le visage. Les épingles qu'Agnès s'était donné tant de peine à mettre tombaient de ses cheveux qui s'éparpillaient sur ses épaules.

Quelle importance? Elle s'amusait tellement! Elle se sentait libre et sans entraves. Ce qui était plutôt drôle le jour de son mariage.

– Plus vite, plus vite! cria-t-elle.

Et Charles, qui la regardait, se mit à rire.

– Je n'ose pas les pousser plus, dit-il. Nous les ferons se reposer à Potters Bar. J'imagine que Sebastian prendrait volontiers un verre. En tout cas, moi, j'en ai envie.

– Maintenant que j'y pense, j'ai faim, dit Lucinda. Je n'ai rien pris ce matin.

– Vous étiez probablement trop énervée, dit Charles.

– Non. Je me sentais plutôt triste. Je n'avais pas vraiment peur, mais seulement un peu d'appréhension. (Elle se tut, puis reprit :) Non, je ne dis pas la vérité. Nat affirme que tout le monde a peur avant un combat.

– Un combat? s'écria lord Meridan qui s'était tu jusque-là. C'est ainsi que vous voyez notre mariage?

– C'est ce qu'en pense Nat.

– Et puis-je savoir qui est Nat? demanda lord Meridan sèchement. Votre amoureux? Je vous aurais crue trop jeune encore pour les histoires d'amour. Ou peut-être est-ce une des raisons pour lesquelles vous teniez tant à vous marier?

Il était si désagréable que Charles lui-même le regarda avec surprise. Mais Lucinda se contenta de rire.

– Si vous voyiez Nat, vous ne songeriez pas à dire qu'il est amoureux. Il va avoir soixante ans cette année. C'est notre garçon d'écurie et l'homme qui s'y connaît le mieux en chevaux dans tout le Hertfordshire.

– Touché, Sebastian, murmura Charles.

Lord Meridan lui lança un regard furieux.

– Et c'est ce... garçon d'écurie, dit-il à Lucinda, qui vous a dit que votre mariage serait un combat?

– C'est parce que nous parlions de courage et de ce qu'un homme ressentait avant de monter sur un ring. Nat a été champion de sa catégorie pendant plusieurs années.

– Je vois que vous allez avoir un concurrent de taille en la personne de Nat, Sebastian, fit Charles, une note d'amusement dans la voix.

– J'estime qu'il serait peut-être bon que nous trouvions d'autres avis à citer pour ma femme que ceux d'un garçon d'écurie, dit lord Meridan.

Le silence tomba. Mais point n'était besoin de parler. Lucinda jouissait de chaque minute de course à travers la campagne; la vitesse la rendait haletante et donnait de la couleur à ses joues.

Ils traversèrent le village de Hatfield, puis virent devant eux les champs dans la direction de Potters Bar. Non loin du hameau, sur le pré communal, c'était le grand jour de foire aux chevaux.

3

– C'est la foire aux chevaux! s'exclama Lucinda. J'avais oublié que c'était aujourd'hui.

– Si vous y aviez pensé, vous auriez certainement remis notre mariage, dit lord Meridan, amusé.

– Ce serait dommage de manquer la foire, dit Lucinda. C'est à Potters Bar qu'on fait les meilleures affaires. C'est là que Nat a acheté notre jument Seagull qui nous a déjà rapporté douze fois un premier prix.

– Ce n'est pas Tattersall, dit Charles en souriant, mais si nous jetions un coup d'œil à ces chevaux, Sebastian?

– Oh! oui, s'écria Lucinda. Arrêtons-nous, je vous en prie.

Sans attendre la réponse de Sebastian, Charles arrêta le phaéton. Il descendit et se retourna pour aider Lucinda à en faire autant. Mais elle était déjà à terre. Quand elle avait sauté, ses dernières épingles étaient tombées, libérant la masse noire de ses cheveux.

Elle les repoussa d'un geste impatient et releva sa traîne avec non moins d'agacement.

– Suivez-moi! cria-t-elle. Je connais l'endroit d'où on voit le mieux. Ce n'est pas la peine d'entrer dans la foule, il faut aller là où on amène les chevaux.

Elle partit en courant, sans même les attendre. Ils la rattrapèrent à l'entrée de l'enceinte.

« Un curieux petit bout de femme, songeait lord Meridan, morose. Oui, vraiment curieux. » Et il serrait les lèvres en signe de mécontentement. Son mariage, en effet, ne ressemblait à aucun autre.

– Celui-là n'est peut-être pas mal, dit Lucinda, désignant un jeune étalon tenu par un garçon à l'air craintif, qui recevait ses instructions d'un propriétaire au moins quadragénaire. Je vais vous dire pourquoi il le vend, murmura-t-elle. Je parie que ce lourdaud ne peut pas le tenir en main.

– Nous allons voir, dit lord Meridan d'un ton hautain.

Charles et Lucinda, au comble du ravissement, le suivirent. Tandis que lord Meridan et Charles commençaient à discuter les mérites de l'étalon qu'elle leur avait désigné, elle remarqua un poulain en dehors de l'enceinte.

Il se cabrait un peu, apeuré par la foule et la proximité des autres chevaux, mais, du premier regard, Lucinda vit combien il était beau.

Sans se soucier de fournir la moindre explication de son départ, elle courut vers le poulain.

C'était une très jolie bête et Lucinda vit tout de suite qu'elle était de bonne race et faite pour la course. Elle était tenue en bride par un garçon d'une quinzaine d'années.

Elle parla au garçon et apprit qui était le père du poulain; le garçon ajouta avec une fierté visible que la mère, de son côté, avait remporté une douzaine de courses.

– Combien en veux-tu? demanda enfin Lucinda.

– Dix livres... ou plus si on nous les offre. Car notre maison est hypothéquée... et il nous faut l'argent pour rembourser.

Lucinda poussa un petit soupir. Dix livres, c'était beaucoup d'argent pour un poulain.

Puis, brusquement, elle se souvint qu'elle était riche; bien assez riche pour acheter ce poulain, bien qu'elle ignorât totalement où elle pourrait le mettre.

– Ne le vends à personne, dit-elle au jeune homme. Je reviens dans un instant.

Elle repartit en courant vers l'enceinte.

Lord Meridan et Charles venaient tout juste de s'apercevoir de son absence.

– Venez voir ce que j'ai trouvé! leur dit-elle.

Dans son excitation, elle mit la main sur le bras de lord Meridan, le poussant un peu dans la direction où elle voulait le voir aller.

– Où étiez-vous? lui dit-il furieux. Vous ne devez pas vous promener ici toute seule.

– Je ne crains rien, répondit Lucinda.

Mais, brusquement, elle se rappela ce que, depuis un quart d'heure, elle avait totalement oublié : qu'elle était une femme mariée et qu'elle avait un rang à tenir.

– Oh! je suis navrée, dit-elle aussitôt, mais personne ne me connaît. Ils ne savent pas que je suis votre femme, alors ça n'a aucune importance. Venez voir le poulain que j'ai découvert. Ce sera un champion, j'en suis sûre. Oh! si seulement Nat était là!

– Peut-être que notre avis, sans valoir celui de l'incomparable Nat, pourra vous être utile, dit lord Meridan.

– Oui, bien sûr, dit Lucinda. J'aimerais que vous le voyiez. Il vaut dix livres. Je sais que c'est beaucoup d'argent, mais pourriez-vous... croyez-vous que vous pourriez me les prêter? Papa m'a dit que je pourrais disposer de gros revenus et j'aimerais tant acheter ce cheval... si vous acceptez, évidemment.

Elle tourna vers lord Meridan son petit visage confiant et elle entendit Charles rire en disant :

– Dix livres, Sebastian, est-ce que vraiment vous pouvez vous permettre ça?

– Il faut d'abord que je voie la bête, dit lord Meridan. Dans une foire comme celle-ci, je suis presque sûr qu'elle ne vaut rien.

Un souvenir lui revint alors du fond de son enfance : il avait sept ans à peine quand son père l'avait amené aux écuries et lui avait demandé de désigner la plus belle bête. Il avait montré celle qu'il préférait. Il n'avait jamais oublié l'humiliation qu'il en avait ressentie et entendait encore les rires des garçons d'écurie.

– Où donc est ce jeune espoir? demanda-t-il d'une voix plus douce.

Ils approchèrent de l'endroit où se trouvait le garçon avec le poulain, mais, déjà, un intermédiaire était auprès d'eux.

– Milord, dit celui-ci d'un ton obséquieux, je savais bien que vous trouveriez l'unique joyau au milieu de toutes ces bêtes tout juste bonnes pour les abattoirs.

– Eloignez-vous! dit lord Meridan. Je ne traite pas avec vous.

– Comme milord voudra! dit-il.

Mais Lucinda vit le regard qu'il lança au garçon en partant.

– Il va lui faire payer presque tout en commission, dit-elle tout bas. (Puis, s'adressant au garçon :) Combien cet homme t'a-t-il demandé?

– Il a dit qu'on devait partager, dit le garçon tristement. Si je ne le fais pas, il m'aura au tournant. Déjà, j'avais pas envie de vendre sir Galahad, mais on a eu un mauvais hiver et il y a l'hypothèque à payer.

– Sir Galahad, c'est son nom? dit Lucinda doucement.

– C'est un nom que j'ai entendu à l'école et que je n'ai pas oublié.

Lord Meridan et Charles examinaient le cheval et Lucinda vit à leur expression le bien qu'ils en pensaient.

– Je peux l'acheter? finit-elle par demander avec appréhension.

– C'est vous qui l'avez vu la première, dit Charles. Si vous n'en voulez pas, Sebastian, je le prends.

– C'est à Lucinda de décider, dit lord Meridan.

Elle lui sourit.

– Vous voulez dire que vous allez m'avancer l'argent?

– Bien sûr, dit-il, tirant sa bourse de sa poche.

– Attendez un instant!

L'intermédiaire n'était pas loin et Lucinda savait qu'il ne perdait pas de vue un seul de leurs gestes.

– Tu lui as dit que tu m'avais demandé dix livres? demanda-t-elle au garçon.

Il acquiesça.

– Avec ce qui restera... est-ce que cela suffira pour payer l'hypothèque?

– Pas entièrement, mais ça aidera.

Lucinda attira lord Meridan à part.

– Ecoutez, dit-elle, si nous lui donnons quinze livres, il en aura dix pour lui et cinq pour ce brigand.

– Vous êtes très généreuse, lui dit lord Meridan.

– Je vous en prie, j'ai envie de ce cheval, mais je veux aussi aider ce garçon.

– C'est votre argent, dit-il gravement. Vous êtes tout à fait sûre qu'ils ne se sont pas mis d'accord entre eux?

Lucinda hésita un moment.
– Je ne pense pas, dit-elle. Ce garçon est comme les chevaux... franc et honnête. Je le vois dans ses yeux.
– Vous jugez toujours les gens d'après leurs yeux? demanda lord Meridan en plongeant son regard d'acier dans le sien.
– Non, j'examine les gens du haut en bas, comme les chevaux, dit-elle tranquillement.
Lord Meridan fit signe au jeune garçon.
– Viens ici, dit-il. Voilà cinq livres pour toi. Donne-les à ce voleur et dis-lui qu'il a de la chance de les toucher. Puis ramène ton cheval chez toi où j'enverrai un de mes domestiques le chercher. Je suis lord Meridan. Mon domestique t'apportera le reste de l'argent, et grâce à cette dame, peut-être un peu plus. De toute manière, vous n'aurez pas à vous préoccuper de l'hypothèque cette année. C'est clair?
– Oui, milord. Merci, milady.
– Où habites-tu? demanda Lucinda, pratique.
– Belle Farm, répondit le garçon. Tout le monde ici vous dira où c'est.
– Très bien, dit lord Meridan. On viendra demain. Que personne ne touche au cheval. Rappelle-toi qu'il appartient à la comtesse de Meridan.
Sebastian s'éloigna dans la direction du phaéton. Il sentit une petite main lui serrer le bras et baissa les yeux pour voir le visage de Lucinda levé vers le sien avec une expression de bonheur dans le regard.
– Merci, merci! dit-elle. Je ne savais pas que vous pouviez être aussi gentil, aussi généreux. Ce garçon était ravi. Et moi, pour la première fois de ma vie, j'ai un cheval à moi.
– Quinze livres, c'est beaucoup d'argent, dit Charles.

Elle ne se rendit pas compte qu'il se moquait d'elle.

– Je sais, dit-elle gravement. Mais si nous n'avions pas donné les cinq livres supplémentaires au garçon, ils n'auraient pas pu payer leur hypothèque.

– Idée qui nous aurait sûrement tous empêchés de dormir cette nuit, dit lord Meridan.

– L'hiver a été dur pour les fermiers, dit Lucinda. Vous avez pu le constater, je suppose?

– Vous l'avez sûrement constaté, Sebastian, dit Charles. Je sais combien ces choses vous touchent.

– Taisez-vous, Charles! dit lord Meridan durement.

Ils étaient parvenus au phaéton et il aida Lucinda à monter.

– Je me demande, dit-il, si, dans un an d'ici, vous serez aussi satisfaite d'un pareil achat et si vous trouverez toujours que quinze livres c'est une somme énorme?

– Un an, c'est loin, dit Lucinda. (Puis elle ajouta :) Mais, chaque fois que je regarderai sir Galahad, je me rappellerai le jour de mon mariage.

– Et quelle meilleure raison pourriez-vous avoir de vous en souvenir? dit Charles, en regardant lord Meridan.

★

Ils arrivèrent à Londres tard dans l'après-midi. Lucinda, dont c'était le premier voyage dans la capitale, ouvrait de grands yeux; elle s'extasiait sur tout. Mêlés aux élégantes calèches aux portières armoriées, il y avait des phaétons et des cabriolets conduits par d'élégants jeunes *Corinthiens* (1).

(1) *Corinthiens :* nom donné aux jeunes élégants du début du XIXe siècle en Angleterre. (*N.d.T.*)

– Regardez ce singe qui danse avec un tambourin à la main! Et voilà un ours! Pauvre bête! J'espère qu'on ne va pas l'emmener dans une horrible fosse où on le fera combattre contre des chiens.

– C'est un sport que je n'ai jamais pu supporter, dit Charles. Et vous, Sebastian?

Lord Meridan, qui semblait plongé dans ses pensées, se retourna à cette question et dit :

– De toute manière, je ne considère pas que ce soit un spectacle pour une femme.

– Non, bien sûr, se hâta de dire Charles. Mais je crois qu'une lady ne doit assister à aucun sport, quel qu'il soit.

– Vous voulez dire que je ne pourrai plus jamais aller à un combat de boxe? fit Lucinda, horrifiée.

– Parce que vous en avez déjà vu un? demanda lord Meridan.

– Des douzaines! Papa et maman n'en savaient rien, bien sûr. C'est Nat qui m'y emmenait. C'était passionnant! La dernière fois, j'ai tant crié que j'en ai eu une extinction de voix.

– Je n'ai jamais vu une dame devant un ring, dit Charles Holstead. Mais Sebastian parviendra peut-être à vous y faire entrer en fraude, déguisée en garçon.

– Il ne peut en être question, dit lord Meridan d'un ton agressif.

Lucinda sentit qu'il valait mieux ne pas discuter. Lord Meridan avait pris les rênes et ils allaient très vite au milieu d'une circulation qui se faisait de plus en plus dense au fur et à mesure qu'ils pénétraient plus au centre de la ville vers le quartier résidentiel. Ils arrivèrent devant la demeure de lord Meridan, Berkeley Square.

– Vous voilà chez vous! dit Charles. (Puis il

poussa une brusque exclamation et ajouta :) Mon Dieu, Sebastian, regardez qui est là!

Tandis que lord Meridan serrait la bride à ses chevaux, Lucinda vit, devant la maison, un splendide attelage avec des laquais en uniforme vert et or; elle devina d'instinct qu'il s'agissait de serviteurs de la maison royale.

– Prinny, c'est sûr, murmura Charles. Un comité de réception, Sebastian.

– Sapristi! dit lord Meridan. Je ne pensais pas que la maison royale allait venir m'adresser ses félicitations.

– Il ne doit pas être seul, dit Charles d'un ton qui semblait contenir un avertissement.

– Ah?

Lord Meridan haussa les épaules.

– Entrons donc le recevoir... bien que j'eusse préféré pour le moment la vue d'un verre de vin que celle de Son Altesse.

– Mais, Sebastian, vous ne pouvez pas présenter Lucinda ainsi!

Ce fut alors que, pour la première fois, Lucinda se rendit compte du spectacle qu'elle devait offrir : sa robe de mariée froissée et maculée de boue, son vieux manteau jeté sur les épaules, ses cheveux défaits; tout cela lui donnait l'air d'une vagabonde.

– Je ne peux pas être présentée au prince ainsi, dit-elle piteusement.

– Ce n'est pas tant au prince, chère Lucinda, c'est plutôt à la personne qui est avec lui, dit Charles.

Le visage de lord Meridan se rembrunit.

– Quelle importance? dit-il d'un ton de défi.

Il fit claquer son fouet, mais Charles l'arrêta.

– Ne soyez pas borné, Sebastian! Tout Londres saurait demain que Lucinda a passé le jour de son mariage à une foire aux chevaux. Songez à ce que dirait le comité de l'Almack. Il n'est pas du tout certain que ces dames admettraient Lucinda... et vous moins encore. Faites d'abord le tour par les écuries. Lucinda et moi entrerons par-derrière.

Un instant, Lucinda eut l'impression que lord Meridan allait refuser. Elle savait que les subterfuges et les faux-semblants n'étaient pas dans sa nature, mais, en même temps, elle était assez sage pour se rendre compte que ce que disait Charles était raisonnable.

– Voilà ce que c'est que d'avoir une femme et d'essayer d'être un époux respectacle! dit lord Meridan, furieux.

– Ce n'est que le début, Sebastian, fit Charles en riant. La respectabilité va peser lourd sur vos épaules. Vous vous êtes acheté cette respectabilité, alors...

– Taisez-vous! lui ordonna lord Meridan.

Il n'en fit pas moins le tour par les écuries et s'arrêta de l'autre côté de Berkeley Square.

Charles et Lucinda descendirent et lord Meridan repartit, les laissant tous deux plantés là.

– Qui est avec le prince de Galles? demanda Lucinda dès que le phaéton eut disparu.

– Oh! le prince a peut-être amené des amis, dit Charles d'un ton évasif.

Elle eut le sentiment qu'il mentait. Il la guida à travers les écuries, non sans lui faire entendre sévèrement qu'ils n'avaient pas le temps de regarder les chevaux.

Un passage couvert conduisait vers l'arrière de la maison. Lucinda se retrouva dans un couloir assez sombre avec un escalier qui menait vers les étages.

– Venez, dit Charles.

Ils montèrent à pas de loup, comme des conspirateurs. Charles ouvrit une porte et ils se trouvèrent sur un large palier sur lequel ouvraient plusieurs chambres.

Les meubles, les tableaux et les lustres étaient magnifiques, mais un peu trop imposants. Lucinda regarda Charles ouvrir une porte après l'autre avant de s'exclamer enfin :

– Voilà votre chambre! Regardez, on a déjà monté votre malle.

Lucinda vit, en effet, sa malle par terre et deux femmes de chambre occupées à la défaire.

– Courage! lui dit Charles en souriant. Vous avez l'air d'un chiot abandonné sous la pluie.

– C'est ce que je suis. Je regrette que nous n'ayons pas pu rester à la foire au lieu de venir ici.

– Tout ira bien, dit Charles avec bonté. Au début, les choses vous paraîtront un peu étranges, évidemment; puis, par la suite, vous vous habituerez.

Lucinda eut l'impression qu'il essayait de lui donner du courage non seulement pour le moment, mais pour tout ce qui l'attendait encore.

Ce fut alors qu'elle entendit des voix et chuchota :

– Est-ce vrai que Son Altesse le prince de Galles est aussi beau qu'on le dit? Si j'allais voir?

Sur la pointe des pieds, elle alla s'accroupir devant l'escalier pour regarder dans le vestibule à travers les barreaux de la rampe.

Elle l'aperçut.

Une chose était inéluctable : le prince était gras. Son estomac faisait une boule au-dessus de sa ceinture, que sa veste de satin bleu, admirablement coupée, parvenait à peine à dissimuler. Sa cravate couleur de neige dissimulait une partie de son menton, mais le visage, au-dessus, était beau, avec des traits fins et des yeux vifs.

– Je suis désolé, mon cher Meridan, disait le prince, que nous soyons obligés de partir sans avoir vu votre femme, mais je reçois ce soir à Clarence House et je ne peux pas faire attendre mes invités.

– Bien sûr, monseigneur, dit lord Meridan. Ma femme sera navrée d'avoir manqué votre aimable et si gracieuse visite, mais la cérémonie et le voyage l'ont fatiguée et elle souffre d'une violente migraine.

Lucinda regarda Charles et étouffa un rire.

– Espérons que ce malaise ne gâtera pas votre nuit de noces, dit le prince.

Ce qui mit fin à l'amusement de Lucinda, car elle imagina, sans le voir, le sourire ironique de Son Altesse Royale.

A cet instant, une femme entra dans le vestibule.

– Ce serait désastreux, dit-elle.

Et Lucinda perçut le ton affecté de sa voix aiguë en même temps qu'elle vit une main gantée de blanc se poser sur le bras de lord Meridan.

Ce fut alors qu'elle vit la femme la plus élégante et la plus belle que l'on puisse imaginer. Elle était vêtue d'une robe telle que Lucinda n'imaginait pas qu'il pouvait en exister.

La mode Directoire venait tout juste de franchir la Manche et le décolleté carré profond, les petites manches bouffantes, la taille haute mettaient en valeur la rondeur des seins. Mais ce qui étonna Lucinda, c'était la robe de fine mousseline transparente. La jeune femme était aussi blonde que les anges de Botticelli, mais, pour Lucinda, elle évoquait le démon.

Le prince se dirigeait déjà vers la sortie, mais sa compagne n'avait pas fait un geste pour le suivre. Elle observait lord Meridan et Lucinda l'entendit demander doucement :

– Cette cérémonie a dû être très pénible pour vous. Mais peu importe, Sebastian, vous voici marié et l'Almack vous attend.

– Ce n'est pas l'Almack qui compte, vous le savez bien, dit lord Meridan à voix basse, mais assez haut cependant pour que Lucinda l'entendît.

– Je sais, mais comme membre du comité, je devais prendre garde. Maintenant, nous pouvons à nouveau espérer...

– Vraiment?

– Mais bien sûr, Sebastian, dit-elle avec un ton plein de sous-entendus. Venez demain.

Il lui baisa la main, puis elle sortit rejoindre le prince de Galles dans son attelage.

Lucinda se leva.

– Qui est-ce? demanda-t-elle avec difficulté.

– Je vous ai dit d'aller dans votre chambre, répondit Charles sèchement. Une lady n'épie pas les visiteurs à travers la rampe d'un escalier.

– Je ne suis pas une lady, fit Lucinda avec humeur. Je suis quelqu'un qui ne connaît rien ni personne... une fille de la campagne. Alors, dites-moi... Qui est-ce?

– Si vous voulez parler de la dame qui était avec Son Altesse Royale, dit Charles, horriblement gêné, c'est lady de Vereux. Son mari est écuyer.

– Et elle fait partie du comité de l'Almack?

Elle commençait à comprendre. Elle avait trouvé extraordinaire qu'un homme ayant la réputation de lord Meridan tienne tant à retourner dans ce qui n'était après tout qu'un club mondain, un lieu de réunion guindé pour les membres de la haute société qui se considéraient comme distingués et respectables.

– Est-ce qu'il l'aime?

Elle avait posé cette question sans réfléchir et vit

une expression de stupéfaction dans le regard de Charles.

– Vraiment, Lucinda, vous ne devriez pas me poser de telles questions!

– Qui d'autre pourrait me renseigner? Je savais pour Juanita da Riva, mais pas pour lady de Vereux.

– Vous savez pour Juanita? répéta Charles Holstead.

– J'ai entendu un des cochers en parler avec Nat. Il était étonné des frais que lord Meridan a faits pour elle lorsqu'elle a eu envie d'avoir des chevaux.

– J'espère que vous n'avez rien dit à Sebastian?

– Non... Je lui ai simplement demandé si elle était très jolie. Mais personne ne m'avait parlé de lady de Vereux.

– Ecoutez, Lucinda, dit Charles d'un ton soucieux, il faut vous faire à cette idée : Sebastian est un homme que les femmes ont toujours recherché. Excusez-le et essayez de vous faire aimer de lui.

– Comment y réussir? Je suis si insignifiante auprès de cette femme. Ce sera comme avec Hester; tout va donc recommencer? répondit Lucinda au bord des larmes.

– Vous voulez un conseil? Achetez-vous des robes, faites-vous coiffer à la dernière mode. Vous ne pouvez pas vous promener avec les cheveux dans le dos.

– Non, bien sûr. Mais où lady de Vereux achète-t-elle ses vêtements?

– Attendez. Je me rappelle l'avoir attendue pendant une heure, un jour. Chez Mme Bertin... c'est ça, dans Bond Street. Il paraît que c'est là que s'habillent toutes les élégantes de Londres.

– Merci. Je vais y aller. Ce doit être très cher... mais ce n'est pas ce qui inquiétera Sebastian.

La porte au bout du couloir s'ouvrit et une femme d'un certain âge, vêtue de soie noire, avec un trousseau de clefs pendu à la ceinture, vint vers eux en se hâtant.

– Que milady m'excuse, dit-elle en s'inclinant devant Lucinda, j'avais donné l'ordre à un des valets de pied de m'informer aussitôt de l'arrivée de milady, mais, malheureusement, il ne l'a pas fait.

– Ce n'est pas sa faute. Nous sommes entrés, le colonel Holstead et moi, par l'autre porte.

– Je suis Mrs Watson, la gouvernante, et j'étais déjà dans la maison du temps de la mère de milord.

– Je dois partir maintenant, dit Charles. Bonne chance et ne vous tracassez pas.

– Au revoir, lui dit-elle avec un peu de regret.

Mais elle ne pouvait évidemment inviter un tiers à dîner le soir de son mariage.

Près de deux heures plus tard, après avoir pris un bain et s'être habillée, Lucinda rejoignit lord Meridan dans la bibliothèque où on lui avait dit qu'il l'attendait.

Elle avait mis la plus jolie de ses nouvelles robes du soir, mais elle savait bien qu'elle ne supportait pas la comparaison avec la robe de lady de Vereux. Néanmoins, avec ses cheveux relevés et les diamants que lord Meridan lui avait fait envoyer, elle espérait qu'elle avait au moins l'air présentable.

Le moment était venu de faire face à lord Meridan, son mari.

Dans les heures qui avaient précédé, elle ne s'était pas rendu compte qu'elle était mariée et puis Charles Holstead les avait toujours accompagnés.

Mais maintenant, dans cette maison imposante et luxueuse, avec une femme de chambre pour l'aider à s'habiller et un laquais pour ouvrir chaque porte, c'était tout autre chose : elle devait aller rejoindre, seule, un homme qu'elle n'avait jamais vu avant qu'ils ne devinssent mari et femme.

La double porte d'acajou s'ouvrit et Lucinda pénétra dans un salon éclairé par de hauts candélabres. Lord Meridan était debout tout au fond, le dos tourné à la cheminée, attendant sa femme. Il avait l'air sombre et Lucinda, le cœur serré, pensa qu'il devait être furieux d'être obligé de rester ce soir avec elle au lieu de rejoindre le prince et lady de Vereux à Clarence House.

– J'espère que mes domestiques se sont bien occupés de vous, dit-il en la voyant approcher.

– Oui, merci, répondit-elle. Je suis navrée d'être en retard.

– Aucune importance, dit-il d'un ton détaché.

Elle sentit qu'il ne s'intéressait pas le moins du monde à son apparence et se rendit compte du soulagement qu'il éprouva lorsque l'on vint annoncer que le dîner était servi.

Ils entrèrent dans une immense salle à manger avec une longue table ornée d'une profusion de vaisselle de vermeil. Le maître d'hôtel lui tira une chaise au bout de la table. Elle comprit alors que cette table allait encore plus les séparer. Alors très vite, parce qu'elle sentait qu'ensuite le courage lui manquerait peut-être, elle dit :

– Puis-je m'asseoir à côté de vous afin que nous puissions parler? Ici, je suis trop loin de vous et j'ai beaucoup de choses à vous dire...

Lord Meridan parut surpris, mais dit courtoisement :

– Vous pouvez vous asseoir où vous le désirez.

– Puis-je vous parler de sir Galahad? demanda-t-elle quand elle fut près de lui.

Elle se disait que c'était là l'unique sujet de

conversation qu'ils avaient en commun et, bientôt, ils se retrouvèrent parlant avec beaucoup d'aisance de la maison de lord Meridan dans le Sussex où sir Galahad allait être entraîné. Ils discutèrent aussi d'autres poulains que lord Meridan avait achetés dans diverses ventes et de la difficulté qu'il y avait à trouver les gens qui savaient entraîner les chevaux pour certaines courses. Le dîner passa ainsi facilement, puis ils montèrent dans le grand salon qui avait été, apprit Lucinda, « préparé spécialement pour milady ».

Lucinda se sentit toute petite et insignifiante tandis qu'elle foulait aux pieds un tapis d'Aubusson pour aller s'asseoir sur un canapé recouvert de satin.

– C'est votre mère qui a décoré cette pièce? demanda-t-elle d'un ton admiratif.

– Non. Elle a été refaite récemment, comme toute la maison, d'ailleurs, répondit lord Meridan.

Lucinda sut instinctivement qui avait été l'inspiratrice de la nouvelle décoration. Bleu pâle, blanc et or... Tout cela faisait un excellent fond pour la blondeur de lady de Vereux.

Le silence tomba entre eux. Lucinda se leva résolument.

– Je crois que je vais me retirer, dit-elle. La journée a été longue et je suppose que vous désirez aller rejoindre vos amis.

– Non, non. Je ne vais pas les rejoindre. Je pars demain.

– Ah! oui?

Elle ne s'attendait pas à cette nouvelle.

– Je vais en visite chez Charles Holstead, pour un jour ou deux seulement. Il me l'avait demandé il y a longtemps.

Elle vit lord Meridan regarder la pendule.

– Il est 10 heures et demie. Dans combien de temps vous rejoindrai-je dans votre chambre?

Elle le regarda droit dans les yeux.

– C'est donc pour cela que vous restez? Que vous n'allez pas retrouver vos amis? Je suis stupide, je n'avais pas compris. Je... je veux vous dire ceci : vous m'avez épousée parce que vous vouliez une femme pour pouvoir retourner à l'Almack, mais je ne serai pas votre femme, votre vraie femme, tant que nous ne nous connaîtrons pas mieux.

Lord Meridan se leva. Il fronçait les sourcils et il avait un air si redoutable que Lucinda sentit battre son cœur à grands coups.

– Dois-je comprendre d'après ce discours plutôt incohérent, dit-il, que vous éprouvez de l'aversion à mon égard?

– Non, bien sûr que non, dit Lucinda. Mais vous êtes un étranger pour moi. Nous avons eu tous les deux, je crois, quelque chose à gagner dans ce mariage. Mais faut-il pour autant que j'aie envie de vous voir partager ma chambre?

Lord Meridan arpenta la pièce.

– Je croyais que vous étiez une jeune fille innocente qui ignorait tout de ces choses.

– Je sais que les gens dorment ensemble quand ils sont mariés. Papa et maman dorment dans la même chambre. Et je sais que les gens... ont des enfants. Je ne suis pas ignorante à ce point. Mais je sais autre chose aussi.

– Quoi donc? demanda lord Meridan, presque avec curiosité.

– C'est que la plupart des gens qui se marient s'aiment, fit-elle, la tête haute et le regard très brillant.

– Rêves de jeune fille! dit lord Meridan, furieux.

– L'amour est-il seulement pour ceux qui ne font pas partie de la haute société? demanda Lucinda. Vous n'avez donc jamais aimé?

Elle le regardait et elle se dit que s'il n'avait pas eu le teint si mat, on aurait pu distinguer une rougeur soudaine sur son visage.

– Je l'ai cru nombre de fois, dit-il avec une sincérité presque inattendue.

– Alors, vous avez une idée de ce que c'est et vous savez que vous ne m'aimez pas, bien que je sois votre femme. (Elle fit une pause et ajouta :) Je vais essayer de me conduire comme vous le désirez et d'être digne de porter votre nom. Mais je refuse de vous voir dans ma chambre. Et personne... ni vous ni un autre, ne dormira auprès de moi à moins que je ne l'aime.

Sa voix se brisa, elle tourna les talons et sortit en courant de la pièce, claquant la porte derrière elle. Sebastian ne fit pas un geste pour la retenir.

4

Arrivée dans sa chambre, Lucinda constata avec soulagement qu'aucune femme de chambre ne l'attendait. Elle ferma la porte à clef et demeura un moment toute tremblante.

Mais elle ne tarda pas à se reprendre, comme elle le faisait depuis sa plus tendre enfance chaque fois qu'elle avait du chagrin, et elle alla s'asseoir devant sa coiffeuse, le cœur battant et les lèvres sèches.

« Est-ce que j'ai bien agi? » se demanda-t-elle, sachant qu'elle avait suivi la voix de son cœur plutôt que celle de la raison.

Elle mit longtemps, cette nuit-là, à s'endormir. Le matin, très tôt, elle sentit un besoin d'air frais et alla ouvrir une des fenêtres. Celle-ci donnait sur le square et Lucinda vit qu'on amenait justement devant la maison un haut phaéton avec deux merveilleux chevaux.

Elle tira un peu les rideaux, de manière à ne pas être vue, et attendit, sachant que lord Meridan allait apparaître d'un instant à l'autre. Elle le vit, en effet, poser le pied sur le tapis rouge qui avait été jeté sur le pavé. Il était admirablement vêtu comme toujours : sa veste n'avait pas un pli et ses bottes brillaient.

Il prit les rênes, fit claquer son fouet; le phaéton s'éloigna.

Et Lucinda regarda disparaître son mari.

Elle eut alors un brusque sentiment de solitude, presque de peur : elle était seule à Londres, sans personne pour la guider, mais n'était-elle pas libre de faire ce qu'elle voulait et pour la première fois de sa vie? Elle s'étendit à nouveau sur son lit et demeura un long moment, les yeux fixés au plafond. Mille pensées s'agitaient en elle.

Enfin, elle sonna. Elle se fit apporter le petit déjeuner au lit, prit un bain, s'habilla très vite et demanda une voiture.

– Voulez-vous quelqu'un pour vous accompagner? s'enquit Mrs Watson.

– Non, je préfère aller seule, merci.

Lucinda dut se forcer à descendre et à traverser le vestibule avec une certaine dignité quand la voiture fut annoncée. Elle dit au laquais qu'elle désirait aller chez Mme Bertin et, voyant qu'il ne faisait aucun commentaire, elle devina que son adresse ne lui était pas inconnue.

La boutique de Mme Bertin n'était pas aussi grande que Lucinda l'aurait cru mais, dès qu'elle pénétra dans le salon, elle fut consciente d'une atmosphère de luxe qu'elle n'avait encore jamais vue dans un magasin.

Mme Bertin recevait rarement elle-même ses clientes, leur bavardage la lassait et, seule, la curiosité la poussa à recevoir la nouvelle comtesse de Meridan.

Elle leva donc les yeux quand la porte s'ouvrit. Elle aperçut alors une enfant, vêtue d'une robe mal coupée, d'un beige hideux, avec un bonnet effroyable sur ses cheveux noirs.

Mais elle trouva le visage de Lucinda étrangement attirant. Ses grands yeux la regardèrent et c'est alors que Mme Bertin entendit une voix douce, musicale, lui dire :

– Je suis venue vous voir, madame, parce que vous êtes la seule personne qui puisse m'aider. Pourriez-vous trouver un moyen de me rendre élégante... et, si possible, belle?

★

Lord Meridan menait son cabriolet à une allure que d'autres auraient considérée comme dangereuse au milieu de la circulation londonienne.

Pour l'instant, il était très content de lui.

Il avait passé d'excellents moments chez Charles Holstead qui l'accompagnait. Il avait gagné aux courses et au combat de coqs; le temps avait été beau et, la veille encore, ils avaient fait, dans une maison amie, un dîner des plus joyeux.

La visite, qui ne devait durer que quelques jours, s'était prolongée près d'une quinzaine. Mais qui aurait pu prévoir que le prince de Galles arriverait avec lady de Vereux? Bref, ils ne s'étaient pas ennuyés une seconde.

– Pourquoi êtes-vous maussade, mon cher Charles? s'enquit lord Meridan.

– Je ne suis pas maussade, dit Charles, mais je crois que vous avez oublié quelque chose depuis quinze jours.

– Ah! oui? Quoi donc?

– Lucinda.

– Ciel! Qu'est-ce qui vous fait croire ça? demanda lord Meridan, sincèrement surpris. Je ne l'avais pas oubliée et je pense qu'elle va bien. Après tout, Londres peut être très amusant en cette saion.

– Cela paraît un peu cruel de l'avoir laissée dans une ville où elle n'était jamais venue, avec, pour autant que nous le sachions, ni amis ni connaissances.

– Oh! elle se sera débrouillée, dit lord Meridan d'un ton léger.

Et, comme Charles ne répondait rien, il ajouta, irrité :

– Du diable, Charles! Vous vous attendiez à ce que je fasse la bonne d'enfants auprès d'elle? Il faudra bien qu'elle devienne adulte... ou alors je trouverai quelqu'un pour l'y aider.

– Qui, par exemple? fit Charles, sarcastique. Lady de Vereux?

Lord Meridan se rembrunit. Les plaisanteries sur ses aventures amoureuses ne l'amusaient jamais.

– Sérieusement, Sebastian, il faut que vous fassiez quelque chose pour Lucinda. Vous n'avez pas une sœur, ou une tante, pour l'aider à devenir une lady?

– Je n'ai pas de famille, sinon dans la tombe, mais cessez de faire tant d'histoires pour Lucinda. Je vais m'en occuper.

– Je me demande ce qu'elle a fait depuis deux semaines... C'est une très gentille fille.

– Je refuse de discuter de ma femme, dit lord Meridan de son ton le plus froid.

– J'aimerais m'occuper d'elle, lui offrir quelque chose, dit Charles.

– Si vous faites cela, je vous provoque en duel!

– Vraiment, Sebastian, vous devenez vieux jeu! Toutes les dames acceptent des cadeaux de leurs soupirants, de nos jours. Vous devriez le savoir mieux que personne.

– Si vous ne vous taisez pas, Charles, je vous plante là et je vous laisse rentrer à pied, dit lord Meridan, furieux.

Ils se dirigeaient vers Hyde Park Corner.

Ils entrèrent dans le parc par la statue d'Achille. Là étaient réunies toutes voitures des gens de la haute société dont les occupants bavardaient tout en s'observant les uns les autres.

C'est alors qu'il sentit que Charles le poussait du coude.

– Regardez, là! Qui est-ce?

Devant eux, ils virent un cabriolet attelé de deux chevaux parfaitement assortis.

– Quel couple! s'écria lord Meridan. D'où peuvent-ils bien venir? Je n'ai rien vu de tel depuis longtemps.

Les chevaux étaient d'un noir de jais, avec de longues queues et des crinières soyeuses. Leurs harnais étaient ornés d'argent, mais le cuir était noir, comme le cabriolet qui n'avait pas une seule touche de couleur.

– Quel attelage! murmura lord Meridan.

Puis il sentit Charles le pousser de nouveau du coude.

– Regardez qui est assis près du conducteur, dit-il. C'est Kingsclere. Je reconnaîtrais sa nuque partout.

– C'est impossible! Je lui ai offert une fortune pour venir chez moi, il y a deux ans, et il m'a dit qu'il était très bien où il était.

– C'est Kingsclere, répéta Charles, têtu. Le plus fin connaisseur en chevaux d'Angleterre. Et ce n'est pas lui qui conduit. Qui est cette femme, Sebastian?

Pour la première fois, Sebastian regarda la conductrice du cabriolet.

Il vit qu'elle était extrêmement élégante et qu'elle avait une taille très fine.

Tandis que le cabriolet et les chevaux étaient noirs, elle-même portait une veste couleur corail qui révélait plutôt qu'elle ne dissimulait la perfection de la silhouette. Sur ses cheveux noirs, remontés haut sur sa tête pour mettre en valeur la grâce de sa nuque, elle arborait un petit chapeau à la fois laid et audacieux orné de plumes de coq.

L'ensemble était étrange et extraordinairement attirant.

– Mais enfin, qui est cette femme ? demanda de nouveau Charles, pendant que lord Meridan manœuvrait de façon à essayer de rattraper l'attelage.

Comme si la conductrice avait compris son intention, elle stimula ses chevaux et accéléra au point que lord Meridan grinça des dents et contraignit les siens à un effort plus grand. Malheureusement, ses alezans avaient déjà fait un grand trajet et étaient moins rapides.

– Elle s'éloigne ! il faut que je sache son nom, Sebastian ! cria Charles.

– Et moi, je veux savoir où elle a eu ces chevaux !

– Et Kingsclere avec !

– Je ne croirai que c'est Kingsclere que lorsque je lui aurai parlé, dit lord Meridan.

– Vous aurez peu de chances de le faire si vous n'accélérez pas un peu l'allure.

Mais la dame qui les précédait n'avait peut-être pas l'intention de les éviter totalement car, en arrivant, elle se laissa dépasser.

Quand ils passèrent, elle tourna vers eux un visage rieur et arrêta ses chevaux.

Lord Meridan se hâta d'en faire autant.

La jeune personne en veste de flamme et chapeau audacieux les saluait poliment.

– Bonjour, colonel Holstead ! Comment allez-vous... milord ?

– Lucinda ! fit lord Meridan, le souffle coupé.

– J'ignorais que vous étiez rentré. C'est un plaisir de vous voir. Que pensez-vous de mon nouveau couple ?

– Ce que j'en pense? fit lord Meridan, ayant retrouvé sa voix. Ce n'est sûrement pas vous qui les avez choisis. C'est Kingsclere, n'est-ce pas?

– Mais bien sûr, dit Lucinda en souriant. Je l'ai engagé pour me monter une écurie. Vous n'y voyez pas d'inconvénient, j'espère?

– D'inconvénient? répéta lord Meridan, cherchant ses mots.

– Kingsclere ne peut pas avoir quitté le duc, dit Charles d'un ton presque pathétique.

– Mais si, il l'a fait.

– Mais par quelle magie l'avez-vous attiré? Il y a quatre ans que nous essayons tous de vous avoir, en vain, n'est-ce pas, Kingsclere?

– C'est vrai, milord, dit Kingsclere d'un ton glacé.

C'était un petit homme sec d'une cinquantaine d'années au regard plein de finesse. Sa réputation en matière de chevaux était telle que le prince de Galles avait demandé au duc de Melchester de le lui offrir comme cadeau de Noël. Le duc aurait répondu que le prince pouvait avoir sa femme, sa maison, n'importe lequel de ses enfants... mais qu'il ne se séparerait jamais de Kingsclere!

– Mais alors, pourquoi êtes-vous allé chez Mme de Meridan, Kingsclere? interrogea Charles.

– Milady vous répondra elle-même.

– Nat lui a demandé de m'aider, dit Lucinda. Je vous ai parlé de Nat, milord, vous vous souvenez?

– Bien sûr... votre valet d'écurie. C'est lui qui vous a dit que votre mariage serait un combat.

– Kingsclere est un cousin de Nat et, quand je lui ai dit le mal que j'avais à monter une écurie, il m'a proposé de venir chez moi.

– C'était très aimable à lui, dit Meridan sèchement.

– Nous sommes au milieu du chemin, dit Lucinda, regardant par-dessus son épaule. Je crois qu'il nous faut partir.

– Suivez-la, Sebastian. J'ai encore tant de questions à lui poser.

– Vous vous reverrez sûrement, dit lord Meridan d'un ton très froid.

Il fit faire demi-tour à ses chevaux et partit dans la direction opposée à celle de Lucinda. Il avait les lèvres serrées et ne regardait ni à droite ni à gauche, refusant de répondre aux saluts de ses amis.

– Ça alors, Sebastian, c'est stupéfiant! Les chevaux, Kingsclere... Et vous avez vu Lucinda? Mon Dieu, mais c'est une beauté! Quelqu'un l'a transformée.

C'était exactement ce que lord Meridan pensait, mais il n'avait nulle intention de le dire.

– Mais elle est si différente, si totalement différente. Et puis, mettre la main sur Kingsclere, c'est un véritable miracle!

Mais lord Meridan ne répondait pas. Quand ils furent parvenus à Berkeley Square, il dit d'un ton plein d'autorité :

– Je ne pense pas que vous ayez envie d'entrer. Ma voiture vous accompagnera.

A contrecœur, mais sachant que c'était ce qu'on attendait de lui, Charles repartit à Curzon Street.

Lord Meridan rentra avec un front plissé que ses domestiques ne connaissaient que trop bien.

– Un cognac! ordonna-t-il sèchement à son majordome.

Puis il alla droit dans la bibliothèque et se laissa tomber dans un fauteuil près de la cheminée.

– Est-ce que Milady est rentrée?

– Je ne crois pas, milord.

– Quand elle sera là, prévenez-la que je désire lui parler.

Lucinda qui, entre-temps était rentrée, n'avait aucune envie de voir lord Meridan pour le moment. Lorsque son message lui fut transmis, elle prenait son bain. C'est pourquoi lord Meridan s'entendit répondre par son maître d'hôtel :

– Milady présente ses compliments à Milord et l'informe qu'elle est en train de se changer et ne peut, à son regret, le rejoindre immédiatement.

– Très bien, dit lord Meridan. Rapportez-moi du cognac.

Près d'une heure plus tard, alors qu'il avait presque vidé le second carafon, la porte s'ouvrit et Lucinda apparut.

Il leva les yeux vers elle et se mit debout, non sans une certaine difficulté, puis il se dit, en la voyant : « Est-ce possible que cette femme soit ma femme? » fâché de constater que son épouse n'était que très légèrement vêtue.

Lucinda portait une robe de mousseline transparente qui montrait très nettement les courbes exquises de son corps : la taille fine, sa gorge haute et ses hanches minces.

Ses cheveux bouclés étaient relevés en chignon. Les diamants de Meridan brillaient dans sa chevelure.

Elle fut bientôt tout près de lui.

Il avait oublié qu'elle était si petite et, quand elle leva la tête vers lui, il vit combien ses yeux étaient grands et combien ses lèvres étaient attirantes.

Tous deux se turent pendant un moment.

– Qu'avez-vous fait? lui demanda-t-il enfin.

– Pendant que vous étiez absent? demanda Lucinda, sachant fort bien que ce n'était pas ce qu'il voulait dire.

« Cela fait longtemps, n'est-ce pas? Et vous? J'espère que vous vous êtes amusé?

– Assez, Lucinda! dit lord Meridan d'un ton sec. Je n'ai pas envie de parler de mon emploi du temps... mais de vous. Où avez-vous été et qu'avez-vous fait? Où avez-vous trouvé ces vêtements?

– Je les ai achetés, dit Lucinda avec douceur. J'espère que vous n'y voyez aucun inconvénient?

– Je veux en savoir plus! dit-il.

– J'ai peur, si je vous raconte tout ce qui s'est passé depuis votre départ, d'être en retard pour dîner, dit Lucinda, regardant la pendule.

– Vous dînez en ville?

– Oui, je suis navrée. Je ne savais pas que vous reviendriez, sinon j'aurais pris d'autres dispositions.

– Vous pouvez prendre d'autres dispositions maintenant! cria-t-il. Je peux envoyer un domestique avec un mot chez... vos amis. Dites-leur la vérité, que votre mari est rentré et désire dîner avec vous.

– Je regrette, mais je crains que mon hôte ne s'en offense. Vous savez mieux que personne combien il peut être fâché de voir une place vide à sa table.

– De qui parlez-vous? demanda lord Meridan.

– De Son Altesse Royale le prince de Galles, dit Lucinda. Il m'a très gracieusement demandé de venir dîner à Clarence House ce soir. Je suis certaine qu'il sera ravi de vous voir si vous avez le temps de passer plus tard.

Elle se tourna vers la porte avec une grâce presque féline.

– Attendez! Attendez! cria lord Meridan. Vous ne pouvez aller à Clarence House seule.

– Non, bien sûr, dit Lucinda. Mr Brummel a la gentillesse de m'escorter. Je crois qu'il m'attend en ce moment dans sa voiture.

– Mr Brummel... Le beau Brummel?

– Oui, dit Lucinda. Il a été très obligeant. C'est lui d'ailleurs qui a choisi mon cabriolet. Il vous plaît, j'espère?

Lord Meridan la foudroya du regard. Il était sur le point de lui dire que ce cabriolet était trop audacieux pour une dame de son rang, mais, déjà, elle lui faisait un petit salut de la main et s'en allait.

Le beau Brummel l'attendait dehors.

Lord Meridan se versa un autre verre de cognac et l'avala sans même en sentir le goût.

Cependant, dans la calèche, Lucinda disait à Mr Brummel :

– Mon mari est rentré. Quand le colonel Holstead et lui ont vu le cabriolet, les chevaux et Kingsclere dans le Park, ils en sont restés ahuris!

Brummel rit. Depuis longtemps, personne ne l'avait amusé comme cette enfant. Elle avait une façon directe de dire les choses dans laquelle il croyait être maître, mais, parfois, elle le battait à son propre jeu.

– Je vous ai vue au Park, dit-il. Vous étiez magnifique. Tout le monde parlait de votre tenue!

– Vous avez été si gentil. Sans vos conseils et sans votre aide, je n'aurais rien pu faire.

– Je ne suis pas toujours un destructeur. Je ne détruis que ceux qui le méritent.

– Moi, je vous ai toujours trouvé l'homme le plus charmant qui soit, dit Lucinda, avec sincérité.

Brummel se sentit vaguement gêné, il préférait savoir les gens contre lui que pour lui.

Mais l'histoire de Lucinda avait touché son cœur. Il s'était souvenu de sa propre lutte pour se faire admettre dans la haute société à l'époque où il n'était rien et où tout le monde s'acharnait à le lui faire sentir. Pourtant, il leur avait bel et bien prouvé le contraire! Et s'il avait aidé Lucinda, c'est parce qu'il avait retrouvé en elle un peu de lui-même.

C'était cette vieille sorcière de Mme Bertin qui lui avait parlé d'elle. Elle devait avoir fait la même démarche auprès d'une douzaine de dames importantes de la haute société car, du jour au lendemain, Lucinda était devenue la coqueluche de Londres.

Il n'y avait pas de femme qui n'aimât protéger un être jeune et sans expérience... à condition qu'il réussisse un jour. Et, en l'occurrence, il n'y avait aucun doute. Vêtue par Mme Bertin, mais armée de son propre esprit et de son courage indomptable, Lucinda avait amusé et intrigué tout le monde.

Mais cela n'aurait peut-être pas suffi.

« Adopter » Lucinda était une chance de rendre la monnaie de sa pièce à l'odieux et prétentieux lord Meridan. Il avait abandonné sa femme? On allait lui donner une leçon. Il connaissait depuis trop longtemps la faveur du prince pour ne pas susciter des jalousies masculines et il avait trop montré sa préférence à certaines femmes pour ne pas en irriter d'autres.

– C'est votre première visite à Clarence House? dit Brummel d'un ton rêveur.

– Oui, je brûle de voir cela!

– J'espère que vous ne serez pas déçue. C'est comme Prinny lui-même : trop voyant et trop luxueux.

– Vous êtes dur! C'est très aimable à lui de m'inviter.

– Je lui ai dit qu'il manquerait quelque chose s'il ne le faisait pas.

– Alors, c'est à vous que je le dois! s'exclama Lucinda, en tournant ses grands yeux vers lui. Oh! merci, merci, cher Mr Brummel. C'est un conte de fées d'être habillée comme je le suis et d'aller dîner avec vous chez le prince de Galles. Comment me trouvez-vous?

Devant cette anxiété presque enfantine, l'homme le plus blasé de Londres ne put s'empêcher de sourire.

– Vous faites honneur aux bijoux de Meridan, dit-il.

A l'expression de Lucinda, il comprit que rien n'aurait pu lui faire plus de plaisir.

– Merci, dit-elle très lentement. Je ne peux pas vous expliquer... mais c'est le premier compliment que je reçois!

– Ne soyez pas si humble, dit Brummel, sèchement. Jamais et avec personne. Forcez-les à vous admirer, à vous remarquer. Ils ne le feront pas si vous vous effacez!

– C'est ce que je faisais? demanda Lucinda.

– Oui.

– Alors, je ne recommencerai plus. S'ils ne me complimentent pas, je... je leur cracherai à la figure.

Le beau Brummel riait encore quand ils descendirent de voiture sous le portique blanc de Clarence House.

★

Lord Meridan arriva vers 11 heures. Il se dit que Lucinda serait sûrement très contente de le voir, car même si elle était parvenue, il ne savait comment, à se faire inviter à Clarence House, elle ne devait pas y connaître grand monde. Et c'était l'occasion, après tout, de la présenter à certains membres de la haute société.

Mais, en dépit de ces bonnes dispositions, il n'était pas spécialement de bonne humeur.

Il entra dans le grand salon jaune et or où le prince, entouré de ses favorites, tenait sa cour et dispensait ses faveurs, comme un sultan dans son harem. Le prince accueillit lord Meridan, la main tendue.

– Je pensais bien vous voir ici ce soir.

Ils parlèrent courses un instant, puis lord Meridan, voyant lady de Vereux s'avancer vers lui, partit prestement dans la direction opposée.

Il traversa les pièces sans trouver trace de Lucinda. C'est alors qu'il entendit des éclats de rire monter du salon chinois. Il constata avec stupéfaction et un profond agacement que ce qui suscitait l'amusement de son auditoire était la description pittoresque d'un combat de boxe.

– « Dieu nous garde, il a un poing d'enfer! dit Battling Belcher, et il alla au tapis. »

Avec son sens du drame, Lucinda marqua une pause. Lord Meridan se fraya un chemin à travers l'auditoire médusé et dit sèchement :

– Lucinda, je vous cherchais partout!

– Eh bien! vous m'avez trouvée, dit-elle gaiement.

– Oh! lord Meridan, vous n'allez pas nous priver de la fin de cette histoire! s'exclama quelqu'un.

Il reconnut un homme qu'il détestait tout particulièrement : le comte Giulio Motto Sansi, un aristocrate italien et un terrible séducteur dont toutes les femmes étaient folles.

– Je désire que ma femme m'accompagne, dit-il avec raideur, tendant son bras à Lucinda.

– Vous n'êtes qu'un ours, Meridan, fit quelqu'un d'un ton plaintif. Ne vous occupez pas de lui, lady Meridan, racontez-nous la fin.

– Une autre fois, répondit Lucinda.

Elle suivit son mari dont le visage était sombre.

– Vous vous donnez en spectacle à présent? lui dit-il.

– Vous êtes venu très tard, dit-elle. Il y a longtemps que nous avons fini de dîner.

– J'avais à faire.

– Chez Brook's?... fit-elle d'un ton moqueur.

Il ne daigna pas lui répondre. Ils traversaient les pièces à vive allure et, soudain, Lucinda se rendit compte qu'ils arrivaient devant le grand escalier.

– Nous partons? demanda-t-elle, consternée.

– Pourquoi pas? Vous avez vu tout ce qu'il y a à voir ici.

– Mais non! D'ailleurs, je ne peux pas partir sans prendre congé du prince. Ce serait grossier après sa gentillesse à mon égard.

Lord Meridan la regarda fixement.

– Je désire vous ramener. J'ai à vous parler.

– Nous aurons tout le temps demain, dit-elle. Vous êtes de mauvaise humeur, je ne sais pas pourquoi, mais je suppose que c'est parce que vous avez mal dîné. C'est votre faute. Si vous m'aviez dit que vous rentriez, j'aurais dit au chef de faire quelque chose de bon. Mais, je vous en prie, ne me gâtez pas ma soirée. Et puis, ne pensez-vous pas que c'est un bien que l'on nous voie ici ensemble? On a tellement jasé après votre départ!

Il allait répondre sèchement quand il sentit une main lourde se poser sur son épaule et une voix qu'il ne connaissait que trop bien lui dire :

– Elle est adorable, Sebastian. Exquise ! Tous mes compliments.

C'était le prince et lord Meridan savait qu'il n'y avait plus de fuite possible.

– Oh! monseigneur, entendit-il Lucinda dire, je vous en prie, montrez-moi le nouveau tableau que vous avez acheté chez Christie aujourd'hui? Tout le monde en parle et je brûle du désir de le voir.

Lord Meridan songea ironiquement qu'il n'y avait pas de plus sûr chemin pour gagner le cœur du prince qui était toujours prêt à parler sans tarir de ses trésors.

– Nous allions prendre congé de vous..., commença-t-il.

Mais il vit Lucinda lui lancer un regard suppliant. Ce regard lui fit penser à un chien qui attendait une caresse et qui espérait que son maître ne la lui refuserait pas.

Et, malgré lui, au lieu des mots qu'il avait au bout de la langue, il s'entendit dire :

– J'allais justement vous demander où était cachée cette nouvelle acquisition, monseigneur.

– Venez, venez tous les deux, dit le prince, ravi.

Il les précéda dans le salon et lord Meridan, s'approchant instinctivement de Lucinda pour la guider au milieu des invités, sentit la pression de ses doigts sur son bras.

– Merci, murmura-t-elle.

Il voulut lui lancer un regard furieux, mais ses yeux changèrent d'expression car il venait de s'apercevoir combien elle était désirable.

★

Le lendemain matin, Sebastian de Meridan partit pour le Park, souriant et d'excellente humeur.

Déjà, les voitures allaient vers Rotten Row, occupées par des femmes vêtues à la dernière mode et portant des ombrelles ornées de dentelle pour protéger leur visage du soleil, tandis que les hommes suivaient à cheval.

Il ne s'arrêta pas pour bavarder, bien que nombre de ses amis fussent au rendez-vous, mais se rendit directement à l'endroit où il voyait une élégante voiture ouverte, rangée au bord de Rotten Row.

Il ôta son chapeau et se pencha pour baiser la main gantée de blanc que lui tendait lady de Vereux.

– Je ne pensais pas que vous seriez là si tôt, dit-il.

Elle leva vers lui ses yeux tachetés d'ombre.

– C'était la seule façon de vous voir seul, murmura-t-elle.

– Vous êtes ravissante.

Elle le gratifia, pour le remercier de ce compliment, d'un sourire complice et caressant.

– Vous ne m'avez pas parlé, hier soir, dit-elle avec une mine boudeuse.

– J'avais certaines obligations à remplir.

– Ah! oui, votre femme, dit lady de Vereux, d'un ton brusquement glacé. J'ai appris que l'on ne parlait que d'elle à Londres. Je l'ai d'ailleurs aperçue ce matin, mais elle semblait trop absorbée pour me remarquer.

– Lucinda est ici? dit aussitôt lord Meridan.

– Elle est passée devant moi il y a une dizaine de minutes, à cheval. Curieux qu'elle ne vous ait pas dit qu'elle montait ce matin. Elle avait peut-être de bonnes raisons de se taire!

Lord Meridan se redressa sur son cheval.

– Je vais rejoindre ma femme, dit-il. Veuillez m'excuser, madame.

Il la salua, mais le sourire qu'il arborait un instant plus tôt avait disparu.

Lady de Vereux le regarda s'éloigner. Il était, sans nul doute, le plus bel homme de Rotten Row.

Il aperçut bientôt Lucinda et son attention fut d'abord attirée par le cheval qu'elle montait, un cheval gris incomparable, tel que seul Kingsclere savait en trouver.

Puis il vit le compagnon de Lucinda et son visage se rembrunit.

C'était bien l'élégance affectée du comte Giulio Motto Sansi.

Il était penché vers Lucinda.

– Vous êtes merveilleuse! lui disait le comte.

– Vous me dites toujours des choses exquises, répondit Lucinda. Même si vous ne les pensez pas, j'aime les entendre.

– Ce n'est pas ainsi qu'on accueille un compliment, dit-il en souriant.

– Je sais. Mais je n'en recevais jamais avant; alors maintenant, je les compte un à un avant de m'endormir.

– Alors, dites-vous, ce soir, que vous êtes la plus élégante cavalière du Park, dit le comte d'un ton suave.

Il y avait, dans sa voix, une ardeur qui fit baisser les yeux de Lucinda. C'est pourquoi elle ne vit pas lord Meridan approcher.

Mais elle entendit sa voix sèche, claire et autoritaire :

– Bonjour, Lucinda. J'avais espéré que vous m'attendriez avant de venir au Park. Mais, maintenant, nous pouvons partir ensemble.

Elle tourna la tête vers lui et il vit qu'elle avait les joues en feu.

Il feignit de ne pas voir le comte et Lucinda, gênée, troublée, tendit la main à ce dernier pour prendre congé de lui.

Puis elle se retrouva remontant le Row à vive allure, s'éloignant de la partie élégante du Park dans la direction de Kensington.

Lord Meridan dit, par-dessus son épaule, à Kingsclere qui les suivait :

– Je reconduirai Milady moi-même, Kingsclere.

– Très bien, milord, répondit Kingsclere qui s'éloigna aussitôt.

Elle comprit tout de suite et fut ravie de cette décision.

– Comment avez-vous fait pour avoir Kingsclere?

– Tout le monde me le demande. Je crois qu'il était ravi à l'idée d'avoir carte blanche. De plus, il était content de rendre service à Nat, qui est son cousin, comme je vous l'ai déjà dit, et seul Kingsclere pouvait me donner ce que je voulais.

– Quoi donc?

– Une écurie à moi... aussi bonne, sinon meilleure que la vôtre.

Il la regarda avec stupéfaction.

– Mais qui a mis cette ambition dans votre tête?

– C'est une chose que j'ai toujours désirée, au fond. Mais quand je suis arrivée à Londres et que j'ai vu que je ne pourrais jamais être aussi belle qu'Hester... et d'autres... j'ai pensé que je devais avoir quelque chose qu'elles n'avaient pas. Le cheval, par exemple.

– Vous êtes vraiment une femme extraordinaire! fit lord Meridan.

Puis il se souvint qu'il avait quelque chose à lui dire.

– Maintenant, écoutez-moi, Lucinda... commença-t-il.

5

Lucinda éperonna son cheval et voulut s'éloigner.

– Pas ça, je vous en prie! s'écria-t-elle. Quand les gens commencent par me demander de les écouter, je sais que je vais entendre quelque chose de désagréable.

– Mais enfin, Lucinda, je dois vous dire quelque chose!

– Je sais, dit-elle. Vous allez me dire : « Ne faites pas ceci, ne faites pas cela. » J'ai entendu cela toute ma vie.

De nouveau, elle éperonna son cheval qui, cette fois, partit à toute allure. Sebastian la suivit au galop.

Elle montait magnifiquement, il fallait lui rendre cette justice. Et il était trop sensible au charme féminin pour ne pas voir combien sa femme était séduisante. Plus elle allait vite, plus il voulait la rattraper et la prendre dans ses bras. Mais comment lui, Sebastian de Meridan, pourrait-il se conduire ainsi aux yeux de toute la haute société londonienne?

Il la rattrapa avec difficulté au bout d'un mille environ. Ils étaient aussi haletants l'un que l'autre quand il avança la main pour saisir la bride du cheval de Lucinda, le forçant à s'arrêter en même temps que le sien.

– Lucinda! cria-t-il.

Mais il la vit qui levait vers lui un visage rieur. Ses yeux étaient brillants et ses joues délicatement colorées par l'effort. Sa poitrine se soulevait au rythme rapide de sa respiration.

– Je suis heureuse, si heureuse, Sebastian! Quand nous serons à la campagne, nous ferons la course ensemble, voulez-vous?

– Ceci ne se fait pas, Lucinda. C'est encore une de vos gamineries, répondit Sebastian, visiblement en colère. Vous oubliez votre rang, Lucinda.

– Les gens jaseront quoi que je fasse, dit-elle. Alors, autant leur donner de quoi jaser.

Sur quoi, elle détacha la main de lord Meridan de la bride de son cheval et fit pivoter ce dernier.

– Nous allons rentrer et je vous promets de bien me conduire. Mais, je vous en prie, ne faites pas de sermon. Cela va me gâter toute ma matinée.

– C'est bon, Lucinda; mais, avant de me taire, je dois vous parler de ce comte. Je vous prie de ne pas le revoir.

Il y eut un silence, puis Lucinda redressa la tête.

– Et qui est apte à en juger? demanda-t-elle.

– Je pense que n'importe qui serait de mon avis, dit lord Meridan. Le comte Giulio Motto Sansi a la réputation d'un coureur...

– Et vous donc, mon cher Sebastian!

Cette réplique lui glaça les veines.

– Allons, Sebastian, ne faites pas cette tête, vous savez à quoi ou à qui plutôt je fais allusion.

Lord Meridan était fou de rage.

– Lucinda, je refuse d'être comparé à cet... à cet Italien! Puisque vous êtes ma femme vous devez m'obéir. Je vous interdis de le revoir; un point, c'est tout!

– Seriez-vous jaloux? Ou est-ce parce que Giulio Motto Sansi est un irrésistible séducteur?

– Il suffit! Je vous ai dit mon sentiment, nullement par jalousie, mais parce que cet homme est fort mal considéré.

– Par lady de Vereux également?

Lord Meridan hésita, mais finit par répondre :

– Oui, j'en suis certain.

– Pourtant, c'est elle qui m'a présentée au comte! dit Lucinda d'une voix de miel. C'était le premier soir où je suis sortie en votre absence. J'étais invitée à une réception chez lady Jersey et lady de Vereux est venue vers moi pour me présenter au comte en me disant qu'il ferait tout pour me distraire pendant l'absence de mon mari.

Il y eut un long silence. Lucinda avait parlé avec une apparente naïveté, mais Meridan la soupçonnait de savoir très bien ce qu'elle disait.

C'est alors que la jeune femme partit au galop. Tout d'abord, il ne comprit pas où elle allait, puis il vit au loin un homme qui frappait un petit âne avec un énorme bâton, là-bas, au bout de l'allée.

Quand il l'eut rejointe, il entendit Lucinda hurler :

– Si vous touchez encore cette bête, vous le regretterez!

– Ne vous mêlez pas de mes affaires! dit l'homme. Cet âne est à moi et j'en fais ce que je veux!

– Si vous le battez encore, je vous frappe!

Lucinda leva son petit fouet et, aussitôt, l'homme brandit son bâton.

A ce moment, une voix fit sèchement derrière eux :

– Cessez immédiatement ce jeu ou vous vous en repentirez!

Lucinda se retourna vers son mari. Sebastian

aperçut alors une étrange lueur dans les yeux de sa femme : admiration, reconnaissance, il ne savait pas.

– Oh! Sebastian, faites quelque chose! Regardez cet âne, regardez les marques qu'il a sur le dos.

– C'est un âne paresseux : les enfants ne veulent pas le monter, il n'avance pas.

– Il est trop vieux et trop malade pour porter des enfants sur son dos. Vous ne lui donnez pas assez à manger, il est bien trop maigre.

– Il ne gagne pas son avoine, fit l'homme d'une voix geignarde.

Lord Meridan tira une guinée de sa poche et la jeta à l'homme.

– Tenez, je vous achète votre âne et remerciez-moi de ne pas vous donner la raclée que vous méritez.

L'homme se pencha, saisit la guinée et disparut sans ajouter un mot.

Lucinda caressait l'animal.

– Et maintenant, qu'allons-nous faire de lui? demanda lord Meridan.

– Pardon?

– Je me demandais, dit lord Meridan, ce que vous comptiez faire de votre dernière acquisition. Allons-nous le mener au bout d'une corde le long du Row, et peut-être lancer une nouvelle mode?

Lucinda porta la main à sa bouche.

– Je ne suis qu'une sotte, je n'ai songé qu'à sauver cette pauvre bête. Mais, en effet, qu'en faire?

– Ça, c'est votre affaire, dit lord Meridan. Je parie que Kingsclere va accueillir avec joie cette nouvelle recrue dans son écurie.

Lucinda éclata d'un rire qui réchauffa le cœur de Sebastian. Il ne pensait pas être amoureux de sa femme, mais aimait la voir heureuse!

Il appela un gamin d'une douzaine d'années qui se trouvait là pour faire emmener l'âne aux écuries.

– Merci, Sebastian, dit Lucinda. Je sais que ce n'était pas du tout le genre de bête que nous aurions dû acheter, mais...

– Nous aurions pu, bien sûr, faire semblant de ne pas le voir, dit lord Meridan, avec un accent sur le « nous ».

– Vous n'auriez sûrement pas fait une chose pareille.

– Non, dit lord Meridan d'un ton rêveur. Non... peut-être pas.

Il la regarda, si petite à côté des deux grands chevaux. Il aurait voulu lui dire quelque chose, mais se ravisa à la dernière minute.

– Je vais vous aider à monter, dit-il.

– Oh! c'est inutile!

Elle sauta en selle et, quelques instants plus tard, ils revenaient au petit galop à Rotten Row au milieu de la foule des élégants.

La voiture de lady de Vereux était exactement là où lord Meridan l'avait laissée. C'est alors que celle-ci l'interpella :

– Vous avez trouvé votre femme, Sebastian? (Puis se tournant vers Lucinda :) Je disais à votre mari qu'on ne parlait que de vous à Londres depuis qu'il était parti.

– C'est un grand compliment, venant de vous, milady, répondit Lucinda, car c'est de vous que tout le monde parle d'habitude.

Quelque chose dans le regard de Lucinda donna envie à lady de Vereux de changer de conversation.

– J'ai dit à Sebastian que vous étiez déjà accompagnée; mais, comme tout bon mari, il s'est précipité à votre recherche.

– J'en suis fort heureuse, car il vient de me faire un cadeau merveilleux... un cadeau dont je rêvais depuis longtemps.

– Vraiment?

Le ton de lady de Vereux était de glace.

– Il est vrai que vous êtes toujours si généreux, mon cher Sebastian.

Lady de Vereux venait de marquer un point. Lucinda éperonna alors son cheval qui se cabra un peu.

– Ma monture est assez nerveuse, dit-elle poliment. Vous êtes sage, milady, de prendre de l'exercice d'une manière moins épuisante. Mais je suppose qu'à mon âge vous préfériez monter aussi.

Elle s'éloigna sans ajouter un mot et lord Meridan la suivit après un adieu très bref.

Ils ne se parlèrent plus jusqu'à l'arrivée à Berkeley Square.

★

– Qu'avez-vous fait pour vous transformer ainsi? demanda Charles Holstead à Lucinda.

Il y avait une douzaine d'invités à la réception où ils s'étaient rendus ce soir-là.

– Lucinda, insista Charles, je vous ai vue le jour de votre mariage et je jure que vous n'êtes plus la même femme!

– Vraiment, colonel?

– Vous le savez parfaitement. Lucinda, qui est à l'origine de tout cela?

– Vous! dit Lucinda.

– Moi? répéta-t-il, stupéfait.

– Oui.

Vers minuit, lord Meridan se rendit compte, tout à coup, qu'il n'avait pas vu sa femme depuis quelque temps; lady de Vereux ne lui en avait pas laissé le temps et, lorsqu'il était revenu dans le grand salon, Lucinda n'y était plus.

– Avez-vous vu Lucinda? demanda-t-il à Charles d'un ton désinvolte.

– Je la croyais avec vous.

– Je suis allé souper.

– Et vous l'avez encore laissée seule? s'écria Charles d'un ton accusateur.

Lord Meridan ne répondit pas.

– J'ai aperçu lady Meridan, il y a une vingtaine de minutes, qui montait l'escalier, dit l'homme qui parlait avec Charles. Le comte Giulio Motto Sansi l'accompagnait. Je crois l'avoir entendu parler de peinture.

Sans un mot, lord Meridan monta l'escalier.

Puis il se souvint que Lucinda n'était qu'une honnête femme et qu'elle ignorait tout de ce monde perverti. Charles avait raison de lui dire qu'il n'aurait pas dû laisser sa femme seule!

Il parcourut trois pièces sans résultat, mais, soudain, il vit Lucinda sortir d'une chambre au bout du couloir. Il allait crier son nom quand il la vit se retourner et fermer la porte à clef derrière elle.

Quand elle fut tout près de lui, il vit tout de suite la frayeur dans ses yeux.

C'est alors qu'elle se jeta dans ses bras.

– Sebastian! Oh! Sebastian, vous êtes là!

– Voyons, Lucinda, parlez. Qu'y a-t-il? Qu'avez-vous fait?

– J'ai... tué un homme, Sebastian!

★

Le premier mouvement de stupeur passé, Sebastian, sans la questionner, alla ouvrir la porte de la pièce la plus proche. Il n'y avait personne à l'intérieur.

– Venez, dit-il.

Et quand elle fut rentrée, il ferma la porte derrière elle.

– Ne craignez rien. Racontez-moi ce qui s'est passé, fit-il avec douceur.

– Je... je crois qu'il est... mort, dit-elle d'une voix tremblante.

Lord Meridan ne demanda même pas qui était cet homme. Il savait déjà.

– Je... dansais avec le comte, dit-elle d'une voix pleine de larmes, quand il m'a proposé de me montrer... de jolis tableaux.

– Continuez, dit lord Meridan d'un ton sombre.

– Je ne voulais pas quitter la salle de bal, mais il insistait tant que j'ai craint de paraître mal élevée en refusant. Nous sommes allés dans la première pièce; il y avait, en effet, d'assez jolis tableaux, mais ce salon était occupé et le comte... me poussait toujours plus loin dans le couloir.

Elle fit une pause et reprit à voix basse :

– Vous devez me trouver bien stupide. Comment ai-je pu ne pas comprendre... et le suivre? Pourquoi ne vous ai-je pas fait confiance? Oh! Sebastian, que vais-je devenir?

– Je vais y penser, mais continuez.

– Quand nous sommes arrivés dans la dernière pièce, je suis entrée devant lui. C'était un cabinet de travail avec un bureau au milieu. Je me suis retournée pour demander au comte s'il ne s'était pas trompé et alors... j'ai vu... je... j'ai vu qu'il fermait la porte à clef.

– Le mufle! Je vous avais pourtant prévenue contre cet homme! s'exclama lord Meridan. Continuez!

– J'ai dit : « Il n'y a pas beaucoup de tableaux ici, je crois que nous devrions retourner dans la salle de bal. » Et alors...

Elle cacha son visage dans ses mains.

– Alors? répéta lord Meridan, implacable.

– Il est venu vers moi... il m'a prise dans ses bras...

Lucinda, tremblante, poursuivit avec effort :

– Il disait... je crois... que nous nous connaissions depuis longtemps, mais que nous n'avions jamais été... seuls ensemble. Il... il a essayé de m'embrasser... J'ai reculé, mais j'étais coincée par le bureau. Je... ne pouvais pas fuir. J'essayais de lutter, mais il était si fort...

» Je ne voulais pas qu'il me touche... mais c'était trop tard... je n'ai pu fuir. Il m'a... embrassée... C'est alors que...

– Que quoi? demanda lord Meridan.

– J'ai pu saisir un chandelier... un lourd chandelier... et j'ai frappé... frappé.... Alors, il est tombé.

Lucinda frissonna et leva vers lord Meridan des yeux pleins de larmes.

– Tout est ma faute, Sebastian... Cela va faire un scandale... Vous allez avoir des ennuis et...

Sebastian s'approcha de Lucinda et, prenant ses doigts dans sa main, il lui dit :

– Vous avez fait la seule chose que vous pouviez faire. Cet individu le méritait.

– Qu'allons-nous faire?

– Vous allez descendre dans le grand salon et vous vous conduirez comme si rien ne s'était passé. Vous me comprenez? Vous allez tout oublier.

– Mais, Sebastian... tout est ma faute.

– J'espère que ce ne sera la faute de personne, mais ne restons pas là. Recoiffez-vous et descendez.

– Mais je ne peux pas vous laisser seul supporter ce que j'ai fait, dit-elle.

– Ayez confiance en moi et, maintenant, donnez-moi la clef de la pièce où vous l'avez laissé.

Elle la lui tendit et il lui prit le bras, lui caressa doucement la joue.

– Venez, Lucinda, dit-il avec douceur, et courage!

Ils redescendirent. Quand ils furent dans la salle de bal, lord Meridan aperçut Charles Holstead.

– Charles, j'ai besoin de vous, dit-il.

– A votre service, Sebastian.

– Venez avec moi. C'est grave!

Charles changea aussitôt d'expression. Lord Meridan regardait autour de lui, cherchant quelqu'un.

– Lucinda, dit-il, allez retrouver lady Balding, et laissez-nous faire.

Elle réussit, sans trop savoir comment, à trouver le salon. Lentement, mais inévitablement, le temps passa. Enfin, après ce qui lui parut être un siècle, elle vit lord Meridan arriver au milieu des danseurs. Elle le rejoignit aussitôt.

Elle n'osait pas lui poser la question qu'elle avait sur le bout des lèvres. Il lui glissa un bras sous le coude et dit gravement :

– Je crois qu'il est temps que nous rentrions.

Ils prirent congé de leurs hôtes.

Enfin, ils se retrouvèrent seuls dans leur voiture pour faire le court trajet qui les séparait de leur maison de Berkeley Square.

– Qu'est-ce qui s'est passé? demanda Lucinda.

– Tout va bien, dit lord Meridan d'un ton apaisant. Ce n'était pas aussi grave que vous le pensiez.

– Il n'est pas... mort?

– Non, il n'est pas mort, répéta lord Meridan. Mais vraiment, Lucinda, jamais je n'aurais cru que vous étiez aussi forte! Vous avez frappé dur! Il faudra beaucoup de temps avant que ses plaies ne guérissent.

– Mais il est vivant? demanda Lucinda, comme si elle n'en croyait pas ses oreilles.

– Il est vivant, mais en piteux état!

– Où est-il? Que s'est-il passé?

– Charles et moi l'avons descendu par l'escalier de service. Nous avons fait venir une voiture et nous l'avons ramené chez lui à Saint-James Place. Ceux qui nous ont vus ont pu croire qu'il était ivre. Nous avons été obligés de le porter dans l'escalier et de le coucher sur son lit.

– Il avait perdu connaissance?

– Pas après que nous lui avons fait boire un verre de cognac. Je ne pense pas que le comte soit en état de parler... et, d'ailleurs, il n'en aura pas envie.

– Et s'il parle?

– Il n'y a pas un homme, dit lord Meridan en souriant, qui avouera avoir été mis K.O. par une femme... surtout aussi petite que vous.

– Alors, personne ne saura?

– A moins que vous ne parliez, Lucinda.

– Oh! Sebastian, vous m'avez sauvée!

Lucinda brûlait du désir de se jeter dans les bras de son mari comme elle l'avait fait auparavant, mais, de nouveau, elle se contint.

– Et s'il avait été vraiment... mort, qu'auriez-vous fait?

– Je ne sais que vous répondre. Mais, une autre fois, ne frappez pas si fort, Lucinda. Un coup aurait suffi. Je vous avais pourtant prévenue.

– Oui, je sais. Mais cela me faisait tellement plaisir de recevoir des compliments.

Quand ils furent dans la maison, le maître d'hôtel, qui veillait pour les attendre, leur demanda s'ils désiraient quelque chose.

– Du vin et un peu de viande froide, dit lord Meridan. Et vous, Lucinda? Je me souviens que vous n'avez pas soupé.

– Je n'ai pas faim, dit-elle, avec l'impression que la seule idée de nourriture l'écœurerait.

Ils entrèrent dans la bibliothèque. Lord Meridan se laissa tomber dans un fauteuil.

– Mangez quelque chose, dit-il doucement. Vous vous sentirez mieux demain matin.

– J'essayerai de manger quelque chose, dit Lucinda pour ne pas avoir l'air ingrat.

Elle alla mettre ses gants et son éventail sur la cheminée. Sebastian ne la quittait pas des yeux.

– Vous êtes très attirante, Lucinda, le saviez-vous?

– Je n'ai guère eu l'occasion d'y penser. De plus, maman serait choquée qu'on me parle d'un sujet aussi peu délicat.

– Vous êtes extraordinaire!

– Autrement dit, je ne suis pas la femme que vous attendiez?

– Je n'ai pas dit ça.

– Mais vous le pensez, n'est-ce pas? fit-elle d'un ton accusateur.

– Je ne sais pas ce que j'attendais exactement, répliqua-t-il avec sincérité.

Leurs regards se croisèrent, il y eut un certain silence, un silence lourd de promesses.

Puis la porte s'ouvrit et le charme fut rompu. Un laquais entra, portant un plateau.

– Je crois que je vais aller me coucher, dit Lucinda après avoir mangé.

– Je vais en faire autant.

– Alors, bonne nuit, milord, dit Lucinda avec une petite révérence, et merci.

Il n'était pas question d'en dire plus en présence des domestiques.

Lord Meridan lui baisa la main.

★

Elle ne se réveilla que vers midi.

– Est-ce que milord est sorti ? demanda-t-elle à la femme de chambre qui lui apportait son petit déjeuner.

Elle espérait un message, suggérant qu'ils pourraient sortir ensemble. Elle avait cru que l'incident de la veille les avait rapprochés et que Sebastian l'aimait un peu plus qu'avant, mais non, il n'en était rien.

– Je crois que milord est parti pour le Ranelagh, répondit la soubrette.

Lucinda poussa un soupir et tourna son regard vers la fenêtre où se dessinait un coin de ciel bleu. Plus tard, dans la matinée, lorsqu'elle fut dans l'escalier, un valet de pied vint à sa rencontre, portant un message sur un plateau.

– Cela vient d'arriver pour vous, milady.

La lettre, étrangement parfumée, portait gravée une adresse dans Half Moon Street. Lucinda lut :

« Milady,

Si vous aimez votre mari et désirez qu'il ne lui arrive rien, venez me voir sans plus attendre, car j'ai une importante nouvelle à vous apprendre. Ne parlez de cette lettre à personne, cela pourrait être dangereux... pour lui et pour vous.

JUANITA DA RIVA. »

– Qui a apporté ça?

– Un domestique, milady, mais il n'a pas attendu de réponse.

– Merci, dit-elle.

Elle mit la lettre dans son sac.

– Renvoyez la voiture. Je n'en ai pas besoin pour le moment. Je vais marcher.

– Milady désire-t-elle quelqu'un pour l'accompagner?

– Non, j'irai seule.

Quel danger pouvait donc courir son mari?

Juanita la reçut dans une robe ornée de rubans verts, un collier d'émeraudes brutes autour du cou et sa longue chevelure rousse tombant sur ses épaules; elle était plus belle encore que Lucinda ne l'avait imaginé.

Il y avait, dans chacun des gestes de la danseuse, une vivacité qui les rendait expressifs et qui forçait l'attention. Ses yeux immenses étaient limpides, sa bouche sensuelle et sa voix d'une étrange douceur.

– Vous voici, madame?

– Vous ne m'attendiez donc pas?

– Si, si. Mais je craignais un refus de votre part. Asseyez-vous, je vous en prie.

Lucinda s'assit sur un canapé de brocart.

– Vous me dites dans votre lettre que mon mari est en danger...

– Je souhaitais vous voir, dit Juanita, comme si elle n'avait pas entendu. On dit que vous êtes très connue à Londres.

– On m'a parlé de vous aussi, dit Lucinda. Je suis sûre que vous dansez merveilleusement. J'espère vous voir à Covent Garden.

– Milord vous a parlé de moi? demanda Juanita.

– Non, mon mari n'a pas mentionné votre nom.

– Alors, pourquoi... pourquoi n'est-il pas venu chez moi?

Lucinda sortit la lettre de son réticule.

– Madame, vous m'avez envoyé cela, dit-elle sévèrement. Vous me dites que mon mari est en danger. Je suis ici pour cela... et rien d'autre. S'il est en danger, je veux savoir pourquoi et comment.

Juanita se pencha et arracha la lettre des mains de Lucinda.

Elle la déchira en mille morceaux.

– C'est uniquement pour vous faire venir plus vite que je vous ai envoyé cette lettre.

Lucinda n'éprouvait ni peur ni gêne devant cette femme. Elle songea brusquement que Juanita était exactement ce à quoi elle s'attendait : coléreuse, sans aucune finesse.

Elle avait le sentiment que Sebastian n'avait jamais vraiment aimé cette Espagnole; elle l'avait sans doute amusé, mais elle n'était pas aussi dangereuse que la trop belle lady de Vereux.

– Pourquoi votre mari ne vient-il plus me voir? ajouta-t-elle, prenant un long stylet sur la table.

Lucinda eut peur d'être la victime d'une crise de jalousie lorsque, soudain, une idée lui vint.

– Je vois que je dois vous dire la vérité, señorita, dit-elle à voix basse.

– Quelque chose de grave? demanda Juanita.

– Oui, dit Lucinda avec un soupir. Ce que je vais vous dire doit, bien entendu, rester entre nous. Jurez-moi que vous n'en parlerez à personne, car les renseignements que je vais vous donner ne peuvent émaner que de moi et ce serait très gênant pour vous de les répéter. Promis?

– Je ne parlerai pas.

– Eh bien! dit Lucinda, mon mari est ruiné!

Elle vit Juanita sursauter malgré elle et poursuivit :

– Bien sûr, je sais que ceci ne peut affecter en rien vos sentiments pour milord. Il ne pourra plus être aussi généreux avec vous, voilà tout! Mais votre tendresse est au-dessus de cela, j'en suis sûre.

– Comment cela est-il arrivé? demanda Juanita.

– Nous venons d'apprendre qu'un avoué en qui mon mari avait confiance a fui avec une grande partie de sa fortune. Mais personne ne doit le savoir, surtout pas ses créanciers. Vous comprenez?

– Oui, je comprends, dit Juanita.

– C'est un malheur, un très grand malheur.

Le ton de Juanita avait changé. Elle se leva brusquement et regarda la pendule sur la cheminée.

– Je dois aller au Covent Garden. Mais, avant, j'ai un mot à écrire.

– Pas à mon mari, j'espère? se hâta de demander Lucinda. Vous savez ce que vous m'avez promis.

– Non, non, à un autre ami.

Lucinda tendit la main à Juanita en souriant.

– Bonne chance, señorita. J'espère que je vous verrai danser un soir.

– Au revoir, milady... au revoir et merci de me faire confiance. Mais vous, qu'allez-vous devenir à présent?

– Nous verrons bien. L'important est que nous soyons ensemble, n'est-ce pas?

– Evidemment. Alors, vous l'aimez donc tant que cela?

– Oui, je l'aime, répondit Lucinda.

« Je l'aime... »

Lucinda se répéta ces mots tout en rentrant à Berkeley Square par les rues ensoleillées.

« Je l'aime, je l'aime... »

C'était absurde, mais la question de la danseuse lui avait fait prendre conscience d'un amour qui était en elle depuis le premier jour.

Elle devait d'ailleurs l'aimer depuis la première fois qu'elle l'avait vu un soir, si élégant et désinvolte, quand il les avait obligés, Nat et elle, à quitter la place qu'ils occupaient depuis des heures pour mieux voir un combat de boxe.

Elle avait cru alors qu'elle le détestait.

« Comment ose-t-il? » avait-elle grommelé.

Et cependant, au plus profond de son cœur, elle l'avait admiré pour la froideur avec laquelle il avait obtenu ce qu'il voulait.

Elle comprenait maintenant que lorsqu'elle avait accepté d'épouser lord Meridan à la place de sa sœur, il y avait eu peu de sacrifice dans son geste. Elle aurait peut-être été moins vive à venir au secours de son père si elle s'était trouvée obligée d'épouser un autre homme.

Elle n'avait pas compris alors que c'était cela l'amour. Dans ses rêves de jeune fille, elle voulait épouser un homme volontaire et c'était un homme volontaire, ô combien, qu'elle avait épousé!

Elle savait maintenant pourquoi elle avait attendu avec autant d'impatience le retour de lord Meridan de la campagne, pourquoi elle avait supporté une véritable torture pour oublier ses mœurs de sauvageonne et devenir une lady.

Non, ce n'était pas parce qu'elle voulait obtenir du succès dans le monde; ce n'était pas non plus parce qu'il lui déplaisait d'être laide et sans attrait, mais c'était uniquement parce qu'elle voulait être aimée par son mari.

Elle revoyait l'éclat de ses yeux quand il l'avait aperçue avec son équipage. Elle ressentait encore contre elle la chaleur de son corps lorsque, désespérée, elle s'était jetée dans ses bras. Elle revoyait le désir qu'elle avait allumé dans son regard le soir de leur retour, après l'incident qui avait failli coûter la vie au comte Giulio. Un désir non révélé, peut-être, mais combien éloquent. Pourtant, ce soir-là comme les autres, elle s'était retrouvée seule, le cœur un peu plus lourd que d'habitude.

« Que puis-je faire pour qu'il m'aime? » Elle ne savait pas quoi répondre à cette question, mais elle avait conscience qu'il tenait à elle.

Son cœur battit plus vite à l'idée qu'elle avait peut-être commis une erreur en mentant pour éliminer Juanita, mais cette dernière était bien peu de chose à côté de la jolie lady de Vereux. Lucinda l'avait compris le jour de son mariage, quand elle les avait épiés par-dessus la rampe de l'escalier.

« Je la déteste! » songea Lucinda.

A Berkeley Square, Mr Greystone, le secrétaire de lord Meridan, l'attendait. Il lui remit un message et lui dit de sa douce voix polie :

– Je suis désolé de vous importuner, milady, mais on vient d'apporter ceci.

Lucinda ouvrit le message et son cœur se mit à battre violemment. Elle avait reconnu tout de suite l'écriture de son mari.

Elle lut :

« J'ai oublié en quittant la maison, ce matin, qu'il y avait une première à l'Opéra ce soir. Il est d'usage d'occuper la loge de la famille. Lady de Vereux a gracieusement consenti à être de nos invités et je vous serais obligé d'inviter sept autres personnes pour le dîner et pour nous accompagner ensuite à Covent Garden. J'espère ne pas vous causer d'ennuis en vous prévenant si tard.

SEBASTIAN »

Lucinda regarda Mr Greystone et sourit.

– Je suis navrée, mais voilà du travail supplémentaire pour vous. Milord désire organiser un dîner de dix personnes ce soir, avant l'Opéra. Il a déjà invité une personne... une dame.

» Nous aurons besoin d'un célibataire, poursuivit-elle. J'espère que le colonel Holstead sera libre.

– Le colonel Holstead s'arrange toujours pour être libre quand milord a besoin de lui, répondit le secrétaire tranquillement.

– Oui, bien sûr. J'espère qu'il aime l'opéra! (Et elle ajouta tout bas pour que personne ne l'entende :) Et que, ce soir, je gagnerai une bataille!

6

– Ma voiture, s'il vous plaît, dit Lucinda à l'un des domestiques se trouvant dans le vestibule.

– Elle vous attend, milady.

Il ne fallut pas longtemps aux chevaux pour tourner dans Bond Street.

Le visage de Mme Bertin s'éclaira quand elle vit apparaître Lucinda qui venait lui rendre visite et elle lui tendit la main.

– Je ne vous attendais pas ce matin, milady. Que puis-je faire pour vous?

– J'ai un grand problème à résoudre et vous seule pouvez m'aider...

Mais Lucinda arrêta là sa phrase lorsqu'elle aperçut, sur une table, la plus jolie robe qu'elle eût jamais vue.

– D'où vient cette merveilleuse étoffe, madame Bertin?

– De France, répondit celle-ci, baissant la voix, bien qu'elles fussent seules, et nous en avons fait cette robe.

Lucinda savait maintenant où Mme Bertin se procurait ses velours frappés, ses organdis, ses brocarts et ses dentelles. Ces choses ne se fabriquaient qu'en France et, malgré la guerre, on les obtenait assez facilement.

Les gardes-côtes et les douaniers britanniques

faisaient de leur mieux, mais, malgré tout, la fraude allait bon train pour la plus grande joie des riches Londoniennes.

C'était une robe royale, une robe de rêve.

Elle était de fine dentelle, où se mêlaient diamants et rubis pour former de si précieuses fleurs que Lucinda ne pouvait en croire ses yeux. Un lacis de rubans ornait le décolleté.

– Cette robe est la plus belle robe du monde!

A sa surprise, Mme Bertin prit une feuille de papier blanc et en couvrit la robe.

– Non, non! Ne regardez pas! ordonna-t-elle. Cela vous rendrait trop malheureuse.

– Malheureuse? Cette robe est donc déjà achetée?

– Ma pauvre enfant... et si vous saviez pour qui!

Mais Lucinda avait déjà lu la réponse dans les yeux de Mme Bertin.

– Pour lady de Vereux.

– Mais elle ne doit pas l'avoir! s'écria Lucinda. Oh! madame, vous ne devez pas la lui livrer! Cette robe est pour moi, même si elle est très chère; je peux payer.

– Lord Meridan a déjà réglé la note... Je suis désolée. J'avais gardé cette robe pour vous, mais j'étais absente lorsque ma première vendeuse l'a proposée à lady de Vereux.

– Elle ne l'aura pas! cria Lucinda.

– Mais elle doit la porter ce soir!

– Non, elle ne l'aura pas! Ecoutez, madame Bertin, j'ai une idée et, si vous êtes d'accord, vous allez voir...

Sans attendre une réponse, Lucinda alla vers les pièces d'étoffe qui encombraient le fond de la pièce. Elle en écarta plusieurs avant de trouver ce qu'elle cherchait. C'était une dentelle, une dentelle anglaise qui, bien que jolie, ne souffrait pas la comparaison avec celle de la robe française étendue sur la table. Lucinda la déposa devant la couturière et se mit à parler très vite. Mme Bertin appela sa première vendeuse.

Miss Varden entra dans la pièce.

– Allez chercher les ouvrières... toutes.

– Mais, madame, elles sont occupées.

– J'ai dit : toutes! miss Varden.

– Bien, madame.

Et miss Varden repartit en courant.

★

Lucinda descendait le grand escalier qui menait au vestibule de Berkeley Square.

Elle avançait lentement, s'efforçant de calmer les battements de son cœur. Elle humecta un peu ses lèvres sèches et attendit qu'on lui ouvrît la porte du petit salon. C'était là que les invités de son mari devaient se réunir pour le dîner qui devait avoir lieu avant la soirée au Covent Garden.

La porte du salon s'ouvrit et lord Meridan parut à son tour.

Il était particulièrement élégant et Lucinda le trouva plus séduisant que jamais, tout en sachant que cette élégance n'était destinée qu'à lady de Vereux.

Il s'avança vers elle. Il paraissait de fort bonne humeur. A sa surprise, il lui prit la main droite et la porta à ses lèvres. Lucinda crut apercevoir une certaine lueur dans les yeux de son mari et remarqua qu'il gardait ses doigts emprisonnés plus longtemps que d'habitude.

– Avez-vous passé une bonne journée?

– Très bonne, dit-elle. J'espère que la réception de ce soir sera réussie.

– Pourquoi ne le serait-elle pas ? Quoique, parfois, l'opéra m'agace au bout d'un moment.

Il lui sourit de nouveau.

– Je suis heureux que vous portiez ces rubis, Lucinda, dit-il. C'étaient les bijoux préférés de ma mère.

Il ne parut pas remarquer sa robe. Mais elle n'en fut pas surprise. Elle avait depuis longtemps appris de sa mère que « les maris ne remarquent que très rarement ce que portent leurs femmes ».

– Un jour, vous me direz si vous désirez faire monter ces bijoux d'une façon plus moderne.

– Je les aime tels qu'ils sont.

– Merci, Lucinda, d'être ce que vous êtes.

Elle avait le sentiment que le regard qu'il lui adressait était bien plus éloquent que ses propos. Elle détourna son regard : il ne fallait pas qu'il devine combien elle l'aimait, combien elle avait envie de se sentir aimée de lui. Non, si cela devait arriver, ce n'était pas à elle de faire le premier pas. Tout en son mari lui plaisait : son regard, sa prestance, le son de sa voix et ce mépris qui le rendait parfois si odieux.

« Il faut que je fasse attention, très attention », se dit-elle.

– Nos invités sont en retard, remarqua Sebastian.

Au même moment, la porte s'ouvrit et le maître d'hôtel annonça :

– Lady de Vereux.

Elle portait une robe de dentelle brodée de pierres rouges et bleues, de larges rubans bleus bordaient le décolleté profond qui découvrait la gorge haute et parfaite de cette si jolie femme. Oui, c'était bien une terrible rivale qu'avait là la pauvre Lucinda.

Lucinda, scintillante sous la lumière des bougies, se tenait au centre de la pièce et attendait.

En la voyant, lady de Vereux poussa une exclamation. Son sourire disparut de ses lèvres.

Elle s'avança vers Lucinda et lui lança :

– Vous... vous portez ma robe!

Lucinda ouvrit de grands yeux.

– Votre robe? Que voulez-vous dire, milady?

– C'est ma robe. Celle que j'ai fait acheter. J'ai bien pensé que quelque chose n'allait pas quand celle que je porte m'a été livrée. Elle n'était pas aussi richement brodée, pas aussi bien coupée que celle que j'avais vue ce matin. Maintenant, je sais : c'est « vous » qui avez pris ma robe et qui la portez. Comment osez-vous?

Bien qu'elle eût du mal à détourner les yeux du visage convulsé de lady de Vereux, Lucinda jeta un regard fugitif vers son mari.

Sebastian paraissait surpris et ne semblait pas vouloir prendre parti. Comme tous les hommes, il détestait les querelles de femmes.

Lucinda s'adressa alors à lui :

– Je crois, Sebastian, dit-elle doucement, que milady est souffrante.

– Vous le savez très bien, ne faites pas l'innocente! hurla lady de Vereux. Et vous, Sebastian, vous savez que je dis la vérité! Vous avez vu la robe... Je vous l'ai montrée. Et maintenant, elle ose la porter devant moi!

Lucinda entendit la porte s'ouvrir, mais elle ne quitta pas des yeux le visage furieux de lady de Vereux.

– Je crois que vous faites erreur, milady, dit-elle d'une voix claire, car, quand cette robe est arrivée pour moi, la facture était dans la boîte. Et elle était au nom de mon mari. Il n'y a donc aucune possibilité d'erreur. Comment pourrait-il y en avoir, d'ailleurs?

Au moment où elle disait cela, le maître d'hôtel annonça :

– Le colonel Charles Holstead.

Charles s'avança et embrassa d'un coup d'œil curieux la scène qui se jouait.

Lady de Vereux, paralysée par les paroles de Lucinda, reprit soudain ses sens. Elle posa la main sur son front.

– Je ne me sens pas bien, dit-elle hâtivement. Je préfère rentrer. Sebastian, reconduisez-moi, je vous en prie.

Elle tendit vers lui une main suppliante.

Et, de cette voix dont il savait si bien se servir, lord Meridan répondit :

– Ma voiture est, bien entendu, à votre disposition, milady.

C'était un congédiement pur et simple et lady de Vereux n'en fut pas dupe. Elle leva son visage vers Sebastian, puis, sans un mot, elle tourna les talons et quitta la pièce.

– Qu'est-il encore arrivé? demanda Charles Holstead, stupéfait. L'avez-vous empoisonnée, Lucinda?

– Ce n'est rien, dit lord Meridan d'un ton indifférent. Venez prendre un verre, Charles.

Mais Charles, contemplant Lucinda, lui disait :

– Vous êtes merveilleuse, Lucinda. Dommage que vous soyez déjà mariée! J'aurais aimé vous faire la cour. De toute façon, nous ne pouvons, nous qui n'avons que le privilège d'être vos amis, que vous dire merci d'être aussi jolie!

– Mon cher Charles, je viens justement de faire le même compliment à ma femme, répliqua Sebastian.

C'est à ce moment que les autres invités arrivèrent.

Après le dîner, alors que tous s'apprêtaient à

partir pour l'Opéra, un homme se présenta à Lucinda qui se trouvait dans le hall.

– Je veux parler au comte de Meridan.

Il avait un chandail de laine et un pantalon de toile grossière et Lucinda pensa que ce devait être un pêcheur.

– J'ai quelque chose pour lui, dit l'homme.

Le maître d'hôtel allait le renvoyer quand Lucinda intervint :

– Un instant, dit-elle d'un ton calme. Si cet homme a quelque chose à remettre à milord, c'est peut-être très important.

– Vous pouvez le dire, milady! fit l'homme.

Lucinda alla chercher lord Meridan qui parlait avec Charles. Elle lui posa une main sur le bras et dit :

– Sebastian, il y a là un homme qui a l'air d'un pêcheur et qui veut vous remettre quelque chose.

– A moi?

Il alla vers l'homme qui l'attendait, impassible, près du maître d'hôtel.

– Vous m'avez demandé?

– Vous êtes bien le comte de Meridan? Alors, j'ai quelque chose pour vous.

L'homme sortit une lettre de sa poche. Dès qu'il se fut acquitté de sa mission, le messager s'apprêtait à repartir.

– Un instant! lui cria lord Meridan. Qui vous a donné cette lettre?

– Je n'ai pas à vous le dire.

– Je voudrais tout de même le savoir.

L'homme eut un sourire quelque peu moqueur.

– Vous avez entendu parler de la Manche? Eh bien! disons que c'est quelqu'un de quelque part entre la France et l'Angleterre!

– Merci, dit lord Meridan. Bonsoir!

Lucinda, curieuse, suivit son mari dans son bureau. Elle le vit lire la lettre et pousser une sourde exclamation.

– Ce n'est pas possible! dit-il.

– Une de vos amies françaises languit de vous? demanda Charles. Il n'y a que pour vous, Sebastian, qu'une femme puisse braver mille dangers, pour vous faire parvenir un message de France, alors que nous sommes en pleine guerre. Comment allez-vous lui répondre?

Mais lord Meridan ne lui prêtait pas la moindre attention. Il lisait la lettre, le front marqué d'un pli profond.

– Ecoutez, Charles, il s'agit d'une affaire urgente. Il faut que nous mettions la main sur Anthony Hawkesly et James Courtney.

– Mais pourquoi faire?

– Vous le saurez le moment venu. (Il se tourna vers le majordome.) Allez immédiatement chez Brooks. Présentez mes compliments à sir Anthony Hawkesly et à lord Courtney et dites-leur de me retrouver ici aussitôt que possible. Expliquez-leur que c'est de la plus extrême urgence.

Et comme s'il se rappelait brusquement la présence de Lucinda, lord Meridan dit :

– Je regrette, Lucinda, de ne pas pouvoir vous accompagner à l'Opéra, ce soir. Si vous désirez rejoindre nos invités, je vous ferai conduire par Greystone dès que la voiture reviendra.

– Je préfère rester avec vous, répondit Lucinda.

Elle attendit, espérant que lord Meridan lui fournirait de plus amples explications, mais il se contenta de se tourner vers Charles et de l'inviter à le suivre.

– Allez à l'Opéra, Lucinda, dit Charles. C'est dommage que personne ne voie cette robe!

– Je la porterai une autre fois.

– Je ne sais pas ce qui s'est passé entre vous et lady de Vereux, ce soir, mais, en tout cas, j'ai l'impression que vous avez remporté une victoire, lui chuchota-t-il avant de suivre lord Meridan dans la bibliothèque.

– Je l'espère, fit-elle sur le même ton.

– Sebastian a toujours eu horreur des scènes. Le saviez-vous ou l'aviez-vous deviné ?

– Je l'ai deviné.

– Parfois, je me demande si vous êtes une femme intelligente ou une enfant diabolique !

Lucinda se contenta de sourire en montant l'escalier. Sur le palier, elle réfléchit un instant, puis elle alla jusqu'au bout du couloir où se trouvait une petite porte, qu'on remarquait à peine, entre deux colonnes. Elle l'ouvrit et pénétra dans un petit salon. Car, de cet endroit, elle pouvait entendre tout ce qui se disait dans la bibliothèque.

C'est ainsi qu'elle entendit très clairement la voix de Charles :

– Mais enfin, Sebastian, venez-en au fait. Qu'est-ce que c'est que ces attitudes théâtrales ? Vos créanciers vous courent après ? Vous avez été provoqué en duel ?

– Je vous expliquerai tout cela quand les autres seront là, dit lord Meridan.

– Dites-moi au moins une chose. D'où vient cette lettre ?

Après une courte hésitation, lord Meridan demanda :

– Vous rappelez-vous Yvonne de Beausoleil ?

– L'actrice ? Comment l'oublierais-je ? Vous avez passé deux mois à Paris à ne vous occuper que d'elle. Ne me dites pas qu'elle vous écrit après tout ce temps ! Et qu'elle choisit ce moment pour se rappeler à vous !

– Elle a des ennuis, Charles.

– De quelle sorte?

– Elle est prisonnière de Bonaparte et me demande de l'aider. Charles, il faut que nous la tirions de là!

Lucinda poussa un petit cri et porta la main à son cœur. Sebastian allait au-devant d'un danger, elle en était certaine, et cela pour une autre femme!

★

Kingsclere prit les rênes. Les chevaux noirs se cabrèrent une ou deux fois, puis partirent à un train qui fit se balancer et osciller le cabriolet. Lucinda sentit un vent froid lui fouetter les joues. Elle regarda Kingsclere, assis très raide à côté d'elle, les yeux fixés sur la route, et elle comprit que, malgré son silence, il était aussi énervé qu'elle.

C'était une course contre le temps et un défi que tous deux trouvaient étourdissant.

Il avait fallu à Lucinda près d'une heure et demie, depuis le moment où elle avait appris ce qu'on envisageait pour elle, pour envoyer chercher Kingsclere, faire faire ses bagages et se glisser vers les écuries par l'arrière de la maison.

Elle avait seulement attendu de connaître quels étaient exactement les plans de lord Meridan avant de quitter la petite pièce secrète.

– Mon yacht est à Brighthelmstone, entendit-elle lord Meridan dire. Nous pouvons y arriver peu après l'aube, nous prendrons la mer avant que la brume ne soit levée.

– Cela paraît assez raisonnable. Et, une fois parvenus à destination?

– Nous verrons cela à bord. A nous quatre, nous devrions être capables de mettre sur pied un plan d'attaque.

– Et comment comptez-vous atteindre Brighthelmstone avant l'aube? Il est déjà tard.
– Nous changerons de chevaux à Meridan.
– Comment irons-nous jusque-là? interrogea Charles.
– Vous et moi à cheval et les deux autres peuvent monter dans mon cabriolet. Cela nous donnera le temps de faire préparer le bateau et nous pourrons partir dès qu'ils arriveront.
C'était alors que Lucinda était remontée dans sa chambre.
Sir Anthony et lord Courtney n'étaient toujours pas arrivés, ce qui lui donnait un peu d'avance.
Elle envoya chercher Kingsclere. Dix minutes plus tard, elle le voyait arriver dans son boudoir.
Entre-temps, Lucinda avait revêtu une tenue d'amazone. Kingsclere l'écouta avec un calme qui avait, pour elle, quelque chose de rassurant.
– Nous devons atteindre Brighthelmstone avant mon mari, lui dit-elle à voix basse. Le colonel Holstead et lui iront à cheval.
– Je suis au courant, un ordre est arrivé aux écuries tout à l'heure, milady.
– Deux autres gentlemen suivront en cabriolet. Vous savez où le yacht est ancré?
– Oui, milady.
– Alors, conduisez-moi là-bas avant tout le monde, dit Lucinda. (Elle ajouta avec inquiétude :) Est-ce possible?
A son grand soulagement, Kingsclere sourit.
– Nous y arriverons, milady.
Une fois les bagages faits et descendus, Lucinda gagna les écuries par le chemin de derrière qu'elle avait emprunté avec Charles le jour de son mariage.
Kingsclere l'y attendait avec son cabriolet personnel. On rangea les deux lourdes malles à l'arrière et

la jeune femme comprit que Kingsclere supportait mal qu'on s'occupât de fanfreluches dans de pareilles circonstances. Mais, pour elle, l'importance de ses vêtements était une chose encore trop nouvelle pour qu'elle pût l'oublier, quelle que fût la gravité des événements.

Ils partirent dans les rues vides et ne tardèrent pas à se retrouver en pleine campagne.

La lune était pleine et éclairait assez pour rendre l'éclairage du cabriolet inutile.

– Personne à l'écurie ne dira à mon mari que nous sommes partis? demanda Lucinda anxieusement.

– S'ils parlent, nous verrons cela à mon retour, dit Kingsclere d'un ton qui ne laissait aucun doute sur ses intentions.

Lucinda était certaine que lord Meridan ne se souciait guère d'elle. A tout hasard, elle laissa des instructions à sa femme de chambre qui devait dire qu'elle dormait.

– Où changerons-nous de chevaux? demanda-t-elle au bout d'un moment.

– A Meridan, milady.

– A Meridan? Mais c'est très imprudent. Milord le saura!

– Pas à Meridan Hall, milady, mais au village. Le patron du relais est un cousin à moi et il a de bons chevaux. Il pourra aussi nous dire si nous avons de l'avance. Milord doit passer devant l'auberge du *Dog and Duck* pour se rendre à Meridan Hall.

Lucinda poussa un petit soupir et se cala sur son siège. En d'autres circonstances, elle aurait pris un plaisir intense à cette course dans la campagne. Elle ne savait pas que des chevaux pouvaient aller aussi vite ni que le fait de les posséder pouvait lui procurer tant de satisfaction.

Mais elle ne tarda pas à songer au problème présent. Comme tout le monde, Lucinda avait entendu dire autour d'elle, ces dernières semaines, que Napoléon Bonaparte formait le projet de débarquer en Angleterre. Certains disaient que des milliers d'embarcations attendaient à Calais et à Boulogne le bon vent qui les porterait jusqu'à Douvres. D'autres prétendaient que tout cela n'était qu'un faux bruit et que Bonaparte n'avait inventé toute cette histoire que pour faire peur aux Anglais et éloigner une partie de leur flotte de la Méditerranée. Il était difficile de savoir la vérité. Mais, de toute façon, c'était de la folie de la part de lord Meridan de vouloir délivrer une femme en France en un moment pareil.

D'autre part, Lucinda savait qu'il ne servirait à rien de discuter. Elle ne connaissait son mari que depuis peu, mais elle était certaine d'une chose : qu'il était assez fort pour refuser de revenir sur ses décisions.

Qui s'opposerait d'ailleurs à sa volonté?

Elle connaissait sir Anthony Hawkesly. C'était un charmant jeune homme qui aimait l'aventure et pour qui l'invitation de lord Meridan devait être l'une des plus excitantes qu'il eût reçues depuis fort longtemps.

La même chose s'appliquait à lord Courtney qui était encore plus insouciant que sir Anthony. En outre, ils étaient tous deux fort courageux et ne craignaient point la bagarre.

Il n'en demeurait pas moins que ce qu'ils s'apprêtaient à faire maintenant était de la pure folie!

Leur courage ne suffirait pas à vaincre les soldats armés qui patrouillaient le long des côtes ni à leur donner la possibilité de pénétrer sur le territoire français.

« C'est de la folie de vouloir le suivre, mais je l'aime et je ne veux pas le quitter », songeait Lucinda.

Elle se retourna pour voir si elle ne distinguait pas, derrière elle, sur la route, deux cavaliers et un cabriolet.

– Quel cheval montera mon mari? demanda-t-elle à Kingsclere.

– Son étalon favori, milady : Black Boy. C'est un cheval merveilleux.

– Nous devons aller plus vite que lui! s'écria Lucinda, prise d'une sorte de panique.

– Nous y arriverons, milady. Ne vous inquiétez pas, dit Kingsclere, rassurant.

– Combien d'avance croyez-vous que nous ayons?

– Encore assez, milady. Quand les valets ont eu fini de préparer Black Boy, je leur ai dit que quelque chose n'allait pas dans la sangle et qu'il fallait changer la selle.

– Quelque chose n'allait pas?

Si Kingsclere ne regardait pas droit devant lui, Lucinda aurait pu penser qu'il lui faisait un sourire complice.

– C'est-à-dire, milady que... eh bien! vous comprenez, j'ai dû...

– Kingsclere, vous êtes sans scrupules, dit-elle en riant, vous avez triché! (Elle ajouta :) S'il nous arrive quelque chose, Kingsclere... si, par hasard, nous ne revenons pas... vous conduirez mes chevaux chez Nat et vous lui direz de bien s'en occuper.

– Certainement, milady, répondit Kingsclere. Mais vous reviendrez. Milord n'est pas homme à échouer quand il entreprend quelque chose. On peut lui faire confiance.

Lucinda se sentit le cœur plus léger. Sebastian

n'échouerait pas, bien sûr. Il réussissait toujours.

Mais soudain, son orgueil fit place à un profond découragement. Comment pouvait-elle prétendre gagner l'amour d'un tel homme?

« Je gagnerai! » se dit-elle.

Et, regardant Kingsclere, elle cria :

– Plus vite, Kingsclere, plus vite! Nous devons arriver avant eux!

Il ne leur fallut que deux heures et demie pour atteindre Meridan. Les chevaux, en sueur, écumant sous leurs harnais d'argent, s'arrêtèrent dans la cour pavée du *Dog and Duck.*

– Ostler! Ostler!

Deux valets accoururent, se frottant les yeux.

– Changez les chevaux! Et faites vite! ordonna Kingsclere. Je viendrai voir ce que vous avez dans votre écurie... Il me faut des rapides et non des mulets!

– Qui dit que je suis un homme à avoir des mulets dans mon écurie? fit un homme furieux, sortant de l'auberge. (Mais, apercevant Kingsclere, il changea de ton :) C'est toi, cousin? J'aurais pu me douter que personne d'autre ne ferait un pareil vacarme à cette heure matinale!

Lucinda n'eut que le temps de boire un chocolat; déjà, les nouveaux chevaux étaient attelés à son cabriolet. Ils ne souffraient pas la comparaison avec les siens, mais ils étaient forts et frais et ils partirent à bonne allure.

Ils avaient fait moins d'un demi-mille quand Kingsclere désigna quelque chose sur sa gauche.

– Voilà Meridan Hall, milady.

Par-dessus un mur de brique, Lucinda vit, se découpant sur un fond de bois, une maison ravissante dont les vieilles pierres grises paraissaient briller sous la lune dont la clarté pâlissait. Il y avait un grand lac devant et des terrasses qui descendaient jusqu'au bord de l'eau.

« Je pourrais y être heureuse avec Sebastian... et ses enfants. »

Elle frissonna. Mais, avant de se laisser gagner par le découragement, elle se dit que ce rêve, un jour, devrait devenir réalité, sinon elle ne pourrait vivre. Sebastian devait l'aimer et l'aimerait.

Elle se tourna vers Kingsclere et lui demanda :

– Ils ne sont pas devant nous?

– Non. Milord n'est pas encore passé. Mon cousin affirme qu'il les aurait entendus.

– Et s'il ne les avait pas entendus?

– Comptez sur Bart pour avoir les oreilles ouvertes. Rappelez-vous, milady, il était dans la cour quelques secondes seulement après notre arrivée. Il était déjà couché, mais il a entendu nos chevaux et il s'est habillé avant même que nous n'arrivions à l'auberge.

– Alors, il aurait sûrement entendu milord, dit Lucinda, rassurée.

– Sûrement et je ne crois pas, milady, que même Black Boy aurait pu galoper plus vite que nous, dit Kingsclere avec satisfaction.

Ils parvinrent aux abords de Brighthelmstone un peu avant l'aube.

Le petit village de pêcheurs était silencieux. Lucinda remarqua qu'une brume montait sur la mer et songea avec un certain soulagement que Sebastian ne s'était pas trompé en disant qu'ils pourraient prendre la mer sans être remarqués.

Le yacht était ancré à quelques milles de Brighthelmstone. Kingsclere connaissait l'endroit et ils ne tardèrent pas à gagner la petite crique où il se trouvait.

– Vous ne pouvez pas rester ici, Kingsclere, dit-elle nerveusement. Si les autres arrivent, ils verront les chevaux.

– Je partirai dès que je vous aurai conduite à bord, promit-il.

« Ohé! Le *Cormoran!* Ohé!

C'était la première fois que Lucinda entendait le nom du yacht de lord Meridan et elle trouvait que ce nom d'oiseau convenait bien à l'élégance de sa ligne.

– Ohé! Le *Cormoran!* cria Kingsclere de nouveau.

– Ils dorment! fit Lucinda, brusquement angoissée. Ils ne nous entendront pas. Sebastian va arriver avant eux.

Comme Kingsclere s'apprêtait à lancer un nouvel appel, un pêcheur s'approcha et dit :

– Je peux vous aider?

– Avez-vous un canot? lui demanda aussitôt Lucinda.

– Oui, bien sûr!

– Alors, conduisez-moi à bord du *Cormoran.*

★

Lord Meridan et Charles se félicitaient de la rapidité de leurs chevaux, bien qu'ils n'eussent pas battu le record du prince.

Ils étaient parvenus au port et ils arrêtèrent leurs montures, essayant d'y voir à travers le brouillard.

– J'espère que le yacht est là! fit Charles. Je prendrais bien un verre de vin et un peu de repos. J'avoue que j'ai trouvé la dernière partie du voyage épuisante.

Lord Meridan, lui, avait l'air aussi frais et dispos que s'il venait de franchir le seuil de sa demeure de Berkekey Square. Seules la poussière de ses bottes et la sueur qui recouvrait son cheval témoignaient du dur trajet qu'il venait de parcourir.

– Voulez-vous héler le yacht? demanda-t-il à son compagnon.

– Vous croyez qu'ils m'entendront?

– Si l'homme de quart dort, il sera congédié. Mes instructions sont que le yacht doit être prêt à prendre la mer aussi bien de jour que de nuit et ceci dans le minimum de temps.

Il fut assez satisfait de voir que, quelques minutes après le cri poussé par Charles, un canot avec trois hommes approchait à vive allure.

Le second sauta à terre.

– Bonjour, milord, dit-il en saluant.

– Bonjour. Je vois que vous avez deux hommes avec vous. Voulez-vous dire à l'un d'eux de rester ici à attendre que l'on vienne reprendre nos chevaux?

– Très bien, milord.

Lord Meridan embarqua en silence.

A bord, le capitaine attendait pour saluer son maître.

– Je me demandais si je n'allais pas vous prendre au dépourvu, capitaine Jenkins!

– Pas du tout, milord, nous essayons d'être toujours prêts pour votre arrivée.

Lord Meridan lança un coup d'œil à son compagnon.

– Que pensez-vous de ce service, Charles?

– Excellent! dit Holstead.

– Alors, veuillez appareiller immédiatement, capitaine Jenkins. J'ai encore deux invités qui vont arriver d'ici peu, puis nous partirons pour la France.

– Pour la France, milord?

Le capitaine fronça légèrement le sourcil. Mais il se garda de faire le moindre commentaire.

– Pour Boulogne, exactement. Nous ferons d'abord route vers l'ouest, nous traverserons la Manche aussi discrètement que possible et nous essayerons de longer les côtes normandes. Et là...

7

Lord Meridan se trouva bientôt confortablement installé dans la cabine avant. Le bruit des préparatifs de départ, au-dessus de sa tête, fit monter un sourire à ses lèvres.

– C'est comme au bon vieux temps, vous ne trouvez pas, Charles? Nous avons été très rapides, je ne crois pas que quelqu'un aurait pu arriver avant nous. Quelle chevauchée!

– Voyons, dit Charles, nous devons avoir quitté Berkeley Square peu après 11 heures...

– 11 h 35 exactement. Si Anthony et James se pressent un peu, nous prendrons la mer avant l'aube.

– Est-ce que c'est si important? interrogea Charles.

– Il y a trop d'espions le long des côtes, répondit lord Meridan. Je n'ai aucune confiance dans ces soi-disant réfugiés français. Je suis sûr que certains sont à la solde de Napoléon.

– Je l'ai souvent pensé aussi, dit Charles.

Il y eut du bruit en haut et lord Meridan se leva.

– Les autres sont arrivés! s'exclama-t-il.

Quelques secondes plus tard, la porte s'ouvrait et sir Anthony Hawkesly et lord James Courtney faisaient leur entrée dans la cabine.

– Vous avez été longs à venir!

– Mais, Sebastian, fit sir Anthony, nous avons pourtant battu un record.

– Je n'en crois rien! s'écria Charles,

– Ou presque, avoua lord Courtney. Si Anthony n'avait pas voulu s'arrêter pour prendre des vêtements, nous aurions atteint Brighthelmstone dans des temps bien meilleurs que ceux réalisés par Prinny.

Alors que sir Anthony allait s'expliquer, Sebastian appela son capitaine et lui donna l'ordre de lever l'ancre.

Le capitaine salua et la porte se referma derrière lui.

– Nous voilà partis! s'exclama Charles. Yvonne de Beausoleil a bien de la chance.

– Et si on délivrait quelques autres jolies filles pendant que nous y sommes? proposa sir Anthony.

– Soyez sérieux, messieurs! s'écria lord Meridan. Il nous faut mettre au point un plan de campagne.

Tandis que l'on apportait le petit déjeuner, ils entendirent au-dessus de leurs têtes le grincement de l'ancre qu'on remontait et le claquement du vent dans les voiles.

– Vous êtes le commandant, Sebastian, dit sir Anthony. Quelles sont vos suggestions?

– Qui d'entre nous parle le français?

– Personnellement, je n'en connais pas un traître mot, annonça sir Anthony.

– Et vous, Charles? demanda lord Meridan.

– Je ne sais dire que quelques mots, mais je ne crois pas que mon vocabulaire vous soit utile, mon cher Sebastian, répondit Charles en souriant.

– Je suis le dernier des imbéciles! s'exclama lord Meridan

– Pourquoi?

– Parce que, quand je vous ai choisis pour venir avec moi, je n'ai songé qu'à votre loyauté et au fait que vous ignorez la peur, mais j'ai oublié que nous avions besoin d'un interprète ou, en tout cas, de quelqu'un qui sache demander le chemin du château.

– Mais vous, Sebastian? Ne parlez-vous point cette langue? demanda Charles Holstead.

Lord Meridan parut un peu honteux.

– Le français n'a jamais été mon fort, avoua-t-il.

– Nous voilà bien! s'exclama Charles. Allez plutôt demander au capitaine s'il y a quelqu'un à bord qui parle cette sacrée langue.

– Inutile, dit une voix venant de la porte.

Au son de cette voix féminine, les quatre hommes se retournèrent, tandis que lord Meridan se levait d'un bond et s'écriait d'un ton furieux :

– Lucinda! Que diable faites-vous là?

– Ma parole, Lucinda! s'exclama Holstead, avec vous, on n'est jamais au bout de ses surprises!

Lord Courtney et sir Anthony se levèrent à leur tour, dévorant du regard cette extraordinaire apparition.

Lucinda avait quitté sa tenue de cheval pour revêtir une élégante robe de batiste bleu marine ornée de rubans verts.

Elle prit la chaise que lui avait avancée Charles, sourit, puis regarda un peu nerveusement dans la direction de lord Meridan dont les yeux brillaient de colère.

– Je suis désolée de vous contrarier, Sebastian, mais j'ai pensé que je pourrais vous être utile.

– Comment êtes-vous arrivée ici? Vous n'avez pu aller plus vite que nous, c'est impossible.

– Alors, j'ai réussi l'impossible, dit Lucinda gaiement. J'ai changé de chevaux à Meridan, avant que vous n'arriviez, Charles et vous.

– Vous étiez dans votre cabriolet?

Lucinda acquiesça.

– Mais c'est absolument incroyable! fit Charles. Sebastian et moi, nous avons lâché la bride à nos chevaux, nous sommes venus par des raccourcis.

– J'avoue que je suis partie avant vous, dit-elle en riant.

– Là n'est pas la question, dit lord Meridan, avec plus de violence encore parce qu'il reconnaissait le bien-fondé de la remarque. Vous m'aviez promis...

– Oui, je sais que je vous avais promis que je me conduirais à l'avenir d'une manière plus digne de lady Meridan. Mais, cette fois, c'est différent, Sebastian. Comprenez-le! Je ne pouvais vous laisser partir seul, alors que vous alliez au-devant de mille dangers.

Lord Meridan s'adoucit en entendant la tendre remarque de sa femme.

– Vraiment, Lucinda, vous êtes incorrigible! dit-il. Vous avez réponse à tout. Mais vous savez aussi bien que moi que vous ne devriez pas être ici... pour m'aider à sauver une jeune personne dont vous devriez ignorer l'existence.

– Pourquoi? demanda Lucinda. Vous l'aimiez?

– Je vous en prie, Lucinda, ne rendez pas les choses plus difficiles qu'elles ne sont. Vous nous avez mis dans une situation impossible. Je suis là, avec trois de mes amis, partant pour ce que je reconnais être une aventure assez folle. Que va-t-on penser de moi si l'on apprend que vous m'accompagnez?

Lucinda traversa la cabine et posa la main sur le bras de lord Meridan.

– Pardonnez-moi, Sebastian, dit-elle.

– C'est bon, Lucinda. J'ai à vous parler seul à seule, si vous permettez, messieurs.

– Allons sur le pont voir si la flotte française se manifeste, dit sir Anthony en souriant.

Tandis que les trois hommes quittaient la cabine, Lucinda, consciente du silence lourd de menaces qui pesait entre son mari et elle, se mit à parler hâtivement :

– Ce n'est pas moi qui conduisais, Sebastian, dit-elle, c'est Kingsclere. Je savais que, si je n'arrivais pas à bord avant vous, vous refuseriez de me laisser embarquer.

– Naturellement. A présent, puis-je vous demander comment vous avez appris notre projet?

Lucinda parut gênée; puis, avec un effort évident, elle avoua, d'une voix tremblante :

– Je... je vous ai entendu...

– Vous écoutez aux portes, à présent!

– Non, je me trouvais dans la petite pièce qui communique avec la bibliothèque. C'est de là que je vous ai entendu.

« Je... je suis désolée, Sebastian, mais si je n'avais pas tout appris de cette manière, vous seriez parti pour la France sans me prévenir, sans même me dire adieu. Essayez de me comprendre, je n'aurais pas pu supporter de rester à Londres, sans savoir où vous étiez.

– Vous mériteriez que je vous débarque quelque part et que je vous laisse rentrer à pied ou à la nage! Vous ne m'avez causé que des soucis depuis que je vous connais! cria lord Meridan, comme s'il s'efforçait de se mettre en colère. D'abord, il y a eu votre conduite écervelée après notre mariage. Puis tout le monde n'a parlé que de vous, avec vos chevaux, Kingsclere et le phaéton noir. Après quoi, vous avez failli tuer le comte Giulio Motto Sansi. Et maintenant, vous voici à bord de ce bateau qui fait route vers la France, alors que personne ne vous a demandé d'y venir. Bon sang, pourquoi vous ai-je pris pour femme?

– Vous ne vous en souvenez pas? Pour acheter une conduite et retrouver la place que vous aviez perdue dans la société par suite de vos scandales.

Ces mots parurent plonger lord Meridan dans une fureur encore plus grande.

De nouveau Lucinda posa une main sur son bras.

– Allons, Sebastian, nous n'allons pas nous disputer alors que je puis vous être utile. Je parle le français, Sebastian!

– Comment l'avez-vous appris?

– J'ai une grand-mère française, vous l'ignoriez?

– Je suppose que c'est pour cela que vous avez les cheveux si noirs? demanda lord Meridan, comme s'il les remarquait pour la première fois.

– Oui, je lui ressemble. Et puis, Hester et moi avons eu une gouvernante française, j'ai essayé de ne pas oublier ce qu'elle m'avait appris.

– C'est bon. Puisque vous êtes ici, restez, dit-il.

Voyant qu'il ne semblait plus courroucé, Lucinda se sentit encouragée et elle demanda à son mari :

– Savez-vous où se trouve Yvonne de Beausoleil?

– Je sais exactement où elle est. Elle m'a dessiné un petit plan au dos de sa lettre. Le château est en dehors de Boulogne, non loin de la plage, j'imagine.

– En ce cas, il doit être surveillé par les Français, fit remarquer Lucinda aussitôt.

– Et pourquoi diable le serait-il?

Lucinda attendit un moment avant de dire :

– Et s'il s'agissait d'un piège?

– Un piège? fit-il d'un ton incrédule. Je n'ai jamais rien entendu de plus absurde!

– Je suis peut-être stupide, Sebastian, mais vous

savez comme moi que Napoléon a des bateaux à Calais et à Boulogne. Il est donc fort possible que les environs soient surveillés.

– En effet. De toute façon, ceci ne vous concerne pas, Lucinda, car, quoi qu'il arrive, vous resterez à bord.

– Il n'en est pas question.

– C'est un ordre et vous obéirez. Vous n'avez aucun droit d'être ici, Lucinda, et je n'ai certainement pas l'intention de vous faire courir un danger.

A cet instant, la porte de la cabine s'ouvrit et Charles fit son apparition.

– Il y a une voile à tribord, Sebastian. Je ne pense pas que ce soit inquiétant, mais je tenais à vous en avertir.

– Vous croyez que c'est un des nôtres?

– C'est impossible à dire.

– En tout cas, j'espère qu'il ne nous verra pas.

Lord Meridan, prenant la longue-vue des mains de son ami, sortit de la cabine.

Charles ne le suivit pas.

– Alors? dit-il à Lucinda, avec un léger sourire.

– Eh bien! Charles, je suis toujours debout, vous le voyez! Mais Sebastian était furieux.

– On le comprend, dit Charles, en s'asseyant au bord de la table. Vous deviez savoir ce qui vous attendait quand vous êtes partie de Londres.

– Sachez, Charles, que rien ne m'arrête.

– Pauvre Sebastian! dit Charles en riant.

– Pourquoi dites-vous ça?

– Il pensait épouser une petite femme bien docile qui ne changerait rien à son existence, qui resterait bien sagement à la maison et qui ne s'occuperait que de ses enfants! Il ne s'attendait certes pas à une nature de votre genre.

Lucinda demanda soudain d'une toute petite voix :

– Vous croyez qu'il m'en veut réellement?

– Vous l'aimez, n'est-ce pas? dit Charles.

Elle porta vivement ses mains à son visage.

– Non... Oui... Oh! comment l'avez-vous deviné?

– Je vous connais bien, Lucinda, et si je vous avais rencontrée avant le jour de votre mariage, je ne vous aurais pas laissé épouser Sebastian.

– Pourquoi? demanda-t-elle, surprise.

– J'aurais essayé de vous épouser moi-même, car je vous aime, Lucinda, depuis le premier jour de notre rencontre.

– Oh! non, Charles, ne me dites pas cela, je vous en prie.

Elle tendit les mains vers lui. Il les prit et la fit se lever. Elle se retrouva malgré elle prisonnière de deux bras puissants. Charles cherchait sa bouche, embrassait ses yeux, ses joues.

– Je vous aime, Lucinda. Je n'ai ni le titre ni la fortune des Meridan, mais vous n'auriez pas à rougir de moi. Lucinda, si vous voulez me suivre, nous pourrons faire annuler votre mariage.

Lucinda arriva à se dégager et, s'éloignant de Charles, elle lui dit doucement :

– C'est impossible, Charles. J'aimerais pouvoir vous répondre oui, mais je n'ai pour vous qu'une profonde amitié. Nous ne serions pas heureux, Charles; alors, pourquoi changer ma vie actuelle? Malgré l'indifférence de Sebastian, je n'en suis pas moins sa femme.

– Au diable, Sebastian! s'exclama Holstead, furieux. Je vous offre mon amour et tout ce que vous trouvez à me répondre, c'est que Sebastian est votre mari!

– C'est mon mari et je l'aime, dit Lucinda. Oh!

Charles, jurez-moi sur tout ce que vous avez de plus sacré que vous ne le lui direz jamais. Je ne veux pas qu'il le sache tant qu'il ne m'aimera pas. Je vous en prie, Charles, promettez-le-moi.

– Vous savez très bien que je ferais n'importe quoi pour vous, dit Charles. J'aimerais seulement que vous sachiez que je ne vous mens pas en vous disant que je vous aime.

– Je sais, Charles. Mais si vous voulez garder mon amitié, ne recommencez pas ce que vous venez de faire, n'essayez plus... car je serais la plus malheureuse des femmes si je devais être obligée de vous perdre.

Ses yeux s'embuèrent de larmes. Elle s'approcha alors de Charles et l'embrassa gentiment sur la joue.

– Vous serez toujours l'un des hommes de ma vie, dit-elle.

– Lucinda... commença Charles.

Mais, avant qu'il pût achever sa phrase, il vit que la porte était ouverte et que lord Meridan les observait.

Ils se séparèrent hâtivement, comme des coupables.

– Je vous demande pardon si je suis un intrus dans ma propre cabine, dit Sebastian d'un ton sec. (Puis, jetant la longue-vue sur la table, il ajouta :) J'étais assez stupide, Charles, pour croire que vous étiez mon ami et que vous vous rendiez compte que Lucinda était ma femme. Je vois que je me suis trompé.

– Sebastian, ne vous emportez pas, dit Charles, vous vous méprenez...

– Je sais encore me servir de mes yeux! tonna-t-il.

– Oh! je vous en prie, Sebastian! Charles venait de me dire quelque chose de très gentil. Je l'ai embrassé sans réfléchir. Il n'y avait là rien de mal ni même d'inconvenant.

– Cela reste à discuter!

– Je vous donne ma parole, dit Lucinda, et Charles peut vous donner la sienne, qu'il n'y avait rien de mal dans ce baiser. J'aurais embrassé n'importe qui de la même manière.

– Cela n'a pas dû manquer d'arriver!

Jusque-là, Lucinda avait éprouvé un sentiment de culpabilité, mais elle sentait soudain la colère la gagner.

– Vous devez me trouver très vieux jeu et prude, continua lord Meridan, mais comme je vous l'ai déjà répété maintes fois, Lucinda, j'attends de la femme qui porte mon nom qu'elle demeure dans les limites de son rang et qu'elle obéisse à certaines convenances. Mais il me semble qu'en ce qui vous concerne vous n'avez pas la moindre idée de la manière dont doit se conduire lady Meridan.

– Cela suffit, Sebastian, il y a des limites! s'écria Charles. Si vous voulez me provoquer en duel, allez-y. J'accepterai sans hésitation. Qu'est-ce que vous décidez?

– En voilà assez! s'écria Lucinda qui avait retrouvé tous ses esprits. Comment osez-vous m'attaquer, Sebastian, en me disant que je ne sais pas me conduire comme une dame alors que vous, vous ne vous conduisez en rien comme un gentleman, voire comme un mari! Je suppose que si j'étais le genre de femme que vous aviez cru épouser, j'irais me retirer dans ma cabine pour y pleurer des larmes amères parce que vous m'avez insultée; mais, mon cher, vous oubliez que vous m'avez habituée aux insultes!

Lucinda s'arrêta un moment pour reprendre son souffle, puis reprit :

– Avez-vous oublié les sommes folles que vous avez dépensées pour lady de Vereux? Et vous souvenez-vous d'être parti avec Charles le lendemain même de notre mariage pour aller vers je ne sais quels plaisirs?

Lord Meridan voulut protester, mais Lucinda ne lui en laissa pas le temps.

– Oh! ce n'est pas la peine de prendre un air choqué et de prétendre que je devrais ignorer ces choses. Vous venez de dire que je n'étais pas une dame; peut-être, mais je ne vous laisserai jamais vous battre contre Charles, parce que je l'ai embrassé pour le remercier de sa gentillesse... gentillesse dont j'ai tant besoin et qu'il est le seul à me témoigner!

Lucinda avait les yeux brillants de colère et de larmes. Elle était ainsi plus belle que jamais, plus séduisante et combien plus désirable! Sebastian et Charles la dévoraient des yeux.

Après un bref silence, Lucinda traversa la cabine pour aller tirer la sonnette.

– Nous n'allons pas continuer ce genre de discussion, dit-elle. Nous ne tarderons pas, je suppose, à être en vue des côtes françaises?

Lord Meridan se taisait toujours et l'observait avec une expression étrange sur le visage.

Le steward frappa à la porte et entra.

– Demandez à lord Courtney et à sir Anthony d'avoir l'obligeance de descendre dans la cabine, dit Lucinda.

– Bien, milady.

Le steward repartit et Lucinda, se tournant vers lord Meridan, le regarda longuement, puis comme si sa vue l'attendrissait, elle courut vers lui et se jeta à ses pieds.

– Oh! Sebastian, je sais que je me conduis de

façon scandaleuse. Je ne sais pas tenir ma langue. J'ai un affreux caractère. Quand je suis en colère, je dis n'importe quoi. Pardonnez-moi, encore une fois, balbutia-t-elle. Je vais essayer d'être une dame. Je vous assure que je vais essayer... oh! Sebastian, dites-moi que vous me croyez?

Tout d'abord, lord Meridan demeura impassible, puis, comme malgré lui, une étrange lueur apparut dans ses yeux.

– Je parierais n'importe quoi que vous n'y parviendrez jamais, dit-il doucement en l'aidant à se relever.

– Mais je vais... essayer, dit Lucinda.

Il lui mit une main sur l'épaule et de l'autre caressa son cou.

– Ce serait peut-être dommage! dit-il, dans un sourire.

– Oh! Sebastian... vous n'êtes pas fâché, n'est-ce pas? Je ne pourrais supporter que vous soyez en colère contre moi.

Charles s'approcha d'un hublot pour regarder la mer, comme s'il ne pouvait supporter la scène qui se déroulait sous ses yeux.

– Vous... me pardonnez? demanda Lucinda, parfaitement inconsciente, pour sa part, de la présence d'un tiers.

– Vous êtes incorrigible, Lucinda. Mais je vous pardonne.

Son visage était très près du sien. Il la regarda dans les yeux et, pendant un moment, ils se sentirent seuls, hors du temps. Sebastian allait-il être vaincu par l'amour de celle qui portait son nom?

Mais, à ce moment, la porte s'ouvrit pour laisser passer lord Courtney et sir Anthony.

– Le capitaine dit que nous allons être d'ici peu en vue des côtes.

– C'est exactement ce que je veux! s'exclama lord Meridan. Il me faut débarquer avant le jour!

– Et nous? demanda sir Anthony.

– J'ai un plan.

– Voici la carte, dit sir Anthony en l'étalant sur la table.

– Voici ce que j'ai l'intention de faire. J'imagine que le château est à peu près ici.

Il désigna un point sur la carte, aux abords de Boulogne.

– Vous voyez cette crique? A moins qu'elle ne soit occupée par les Français, nous pouvons y jeter l'ancre; puis je trouverai un moyen de transport quelconque pour arriver jusqu'au château.

– Yvonne est peut-être emprisonnée, dit Charles. Comment vous proposez-vous de la délivrer, en ce cas?

– Voici ce qu'elle dit dans sa lettre, fit lord Meridan en tirant cette dernière de sa poche.

« Je suis prisonnière de l'empereur dans ce château, incapable de rejoindre Paris pour revoir mes amis. Le château est facilement repérable et je prie le ciel que vous puissiez venir me délivrer. Mon seul désir est de m'enfuir en Angleterre pour être loin des misères de la guerre. Venez à moi, Sebastian, car vous êtes la seule personne qui puisse me sauver. »

– Pauvre femme! dit lord Courtney.

– N'oubliez pas que c'est une actrice, dit Charles d'un ton cynique.

Lucinda observait lord Meridan.

– Je suppose qu'elle a offensé Bonaparte dans une de ses pièces, dit-il d'un ton pensif. J'ai entendu dire qu'il avait horreur que l'on se moque de lui.

Donc, si je comprends bien, Yvonne est libre de ses mouvements à condition de ne pas quitter les lieux. Je la trouverai ct, si je ne peux pas l'emmener tout de suite, je mettrai au point un plan d'évasion. Je reviendrai et je vous dirai ce qu'il en est.

Dans le murmure qui suivit, ce fut Lucinda qui posa la seule question utile :

– Et si vous... ne revenez pas? interrogea-t-elle, le cœur lourd.

– Si je ne suis pas de retour au lever du jour, vous lèverez l'ancre et vous regagnerez l'Angleterre.

Charles Holstead rejeta la tête en arrière et rit.

– Vous savez très bien que nous n'en ferons rien, Sebastian; alors, cessez ce mélodrame! Non, j'ai une meilleure idée. Quelqu'un va aller avec vous et, quand vous escaladerez le mur, il restera derrière, en observation. S'il vous arrive quoi que ce soit, votre compagnon reviendra en courant à bord nous le dire.

– Voilà qui est plus raisonnable, dit sir Anthony. D'ailleurs, pourquoi seriez-vous seul, Sebastian? Nous ne sommes pas avec vous que pour la partie la plus agréable du voyage.

– Très bien: j'admets que c'est peut-être plus raisonnable que quelqu'un vienne avec moi. Mais alors, que les autres restent à bord et veillent sur Lucinda. Quoi qu'il arrive, elle ne doit courir aucun danger. Est-ce clair?

– Bien sûr, dit Charles. A moins, évidemment, qu'un garde-côte ne vienne nous demander ce que nous faisons ici.

– J'y ai pensé. Nous battrons pavillon français.

– Vous êtes vraiment convaincu que tout ceci n'est pas un piège? demanda Lucinda.

– Vous me l'avez déjà demandé. Je connais

Yvonne de Beausoleil depuis des années. Je ne crois pas me vanter en disant qu'elle éprouvait... quelque attachement pour moi. Je ne peux pas croire qu'elle m'écrirait une lettre qui me mettrait en danger. Et vous, Charles?

– Oh! je ne pense pas qu'Yvonne soit hypocrite à ce point. D'ailleurs, où en serait l'intérêt? Vous n'êtes ni général, ni amiral, ni même membre du Cabinet. Alors, pourquoi vous choisir comme prisonnier politique?

– Non, non. Je ne puis croire une chose pareille.

Lord Meridan repoussa la carte.

– Tout est réglé. Mais si quelque chose va de travers, mettez Lucinda aux fers et enfermez-la dans sa cabine.

Il avait dit cela sur le ton de la plaisanterie, mais Lucinda sentit qu'il y avait une note de gravité dans sa voix.

– Je promets que je ne ferai rien pour rendre les choses plus difficiles, dit-elle. Mais votre plan m'inquiète. Et si quelqu'un vous pose des questions? Comment répondrez-vous?

– Mon français est assez bon pour cela. Mon seul problème sera de comprendre ce que l'on me dira.

– C'est pourquoi, dit Lucinda, c'est moi qui dois vous accompagner. Je pourrais parler aux paysans et découvrir beaucoup plus de choses que vous.

– Lucinda, que ceci soit bien clair : je ne veux pas que vous commettiez encore quelque imprudence!

– Vous avez demandé, en arrivant à bord, si quelqu'un parlait le français. C'est donc que vous pensiez que cela pourrait vous servir?

– Oui, mais plus tard. Si je ne parviens pas à atteindre Yvonne. Nous verrons au fur et à mesure. Pour le moment, il s'agit seulement de savoir si elle peut s'évader. Seules les routes doivent être surveillées, les routes de Paris; côté mer, il ne doit rien y avoir.

– Mais pourquoi est-elle venue à Boulogne? Puisqu'elle aime tant Paris, pourquoi en est-elle partie?

Lord Meridan haussa les épaules.

– Je n'en sais rien. Allons, cessez d'imaginer les choses à votre façon. Voyons, qui va m'accompagner? Tirons-le aux cartes. La plus forte désignera le gagnant... ou le perdant, comme vous voudrez.

Il y avait des cartes dans le tiroir de la table. Ils les étalèrent et chacun en tira une gravement. Le sort tomba sur Charles.

– Bien, dit lord Meridan avec satisfaction. Charles et moi sommes habitués à faire route ensemble.

« Tous les deux », songea Lucinda avec un pincement au cœur.

★

Lucinda était assise dans sa cabine, le visage dans les mains.

Le temps lui paraissait long depuis que Sebastian et Charles étaient partis dans un petit canot avant le lever du soleil.

Elle avait eu toutes les peines du monde à ne pas leur hurler de revenir. Elle savait que ses supplications auraient été vaines.

Ils avaient changé de plan mille fois, se heurtant sans cesse au même obstacle – le fait qu'ils ne parlaient pas le français couramment – mais, malgré l'insistance de Lucinda, ils avaient refusé de l'emmener.

Finalement, il fut décidé qu'un canot emmènerait Sebastian et Charles sur la côte, aussi près que possible du château. Là, ils débarqueraient et continueraient leur route à pied en espérant ne pas être vus ni d'avoir à parler à personne.

– Anthony, vous resterez sur le yacht avec Lucinda, lui avait ordonné Sebastian. S'il arrive quoi que ce soit, vous viendrez à mon secours, vous, James et les plus forts parmi les hommes d'équipage.

Lucinda entendait encore la voix de son mari résonner à ses oreilles. Relevant la tête, elle se dit pour la millième fois que Sebastian et Charles auraient dû être de retour à présent.

Brusquement, elle sursauta. Elle avait entendu un bruit de rames, elle en était certaine.

Sir Anthony et lord Courtney devaient l'avoir entendu aussi. Ils repoussèrent la table sur laquelle ils jouaient aux cartes et coururent sur le pont.

Lucinda les suivit. Cette fois, elle ne se trompait pas. Le canot apparut soudain dans la brume et, une seconde plus tard, il était au pied de l'échelle de corde.

Ce fut alors que Lucinda, atterrée, vit qu'en dehors des trois marins il n'y avait que Charles dans le canot. Elle comprit aussitôt qu'il était porteur de mauvaises nouvelles.

Voyant Lucinda à côté des deux autres, il tendit vers elle sa main froide comme pour la réconforter et dit :

– C'était bel et bien un piège... Et Sebastian est tombé droit dedans! Venez, rentrons.

Lucinda serra les dents. Elle savait qu'en dépit des mauvaises nouvelles, elle ne devait pas montrer sa peur. Si elle manquait de courage ou ne maîtrisait pas ses nerfs, l'équipage obéirait à lord Meridan et la ramènerait tout de suite en Angleterre.

– Apportez-moi à boire, dit Charles quand ils furent dans la cabine.

Il cacha sa tête dans ses mains.

– Que s'est-il passé? demanda Lucinda. Parlez, Charles.

Il releva la tête, vit dans les yeux de Lucinda ce qu'elle craignait et dit aussitôt :

– Non, non, il n'est pas mort. Mais il est prisonnier de Bonaparte.

– Quoi? s'exclama lord Courtney.

Après avoir avalé une gorgée de cognac, Charles commença d'une voix blanche :

– Nous sommes arrivés sans difficulté à l'endroit où Sebastian avait décidé de débarquer. Il n'y avait personne sur le rivage. Il y avait encore du brouillard, mais on voyait nettement les lumières de Boulogne. Sebastian repéra tout de suite le château. Il était à cinq cents mètres de nous environ et toutes les fenêtres étaient éclairées.

– Continuez, murmura Lucinda.

– Nous avons cru d'abord qu'il y avait une réception, mais on ne voyait pas de voitures. Quand nous sommes arrivés dans l'allée, elle était vide. Nous avons avancé encore un peu. Le château était entouré d'une clôture.

» – Qu'allons-nous faire? demandai-je.

» – Vous vous rappelez ce que nous avons décidé, me dit Sebastian. Si tout va bien, je vous fais un signal et vous pouvez venir m'aider à emmener Yvonne jusqu'au canot. Si je ne reviens pas, cela voudra dire que quelque chose a mal tourné. Si je suis fait prisonnier, ce qui me paraît peu probable, retournez au yacht et ramenez Lucinda en Angleterre.

– Sûrement pas. Je le lui ai dit avant son départ, coupa Lucinda.

– Je sais, dit Charles avec douceur. Mais je me demande s'il vous écoutait.

» Ensuite, Sebastian escalada le mur, traversa un pré et arriva sur une pelouse. Au même moment, une femme sortit sur la terrasse; elle regardait vers la mer.

» Avec ma longue-vue, je vis que c'était Yvonne. Elle était seule. Sebastian s'avança vers elle, elle l'aperçut et il la rejoignit. Je me dis : « A mon tour! » et je commençai à enjamber le mur...

– Alors, Charles? fit Lucinda, haletante.

– Je vis Yvonne désigner la côte du doigt, comme si elle voulait montrer quelque chose à Sebastian. Puis, brusquement, deux hommes apparurent. Ils se glissèrent derrière Sebastian. L'un d'eux le frappa sur la tête. Il s'effondra sous mes yeux. Puis ils le traînèrent à l'intérieur du château...

– Et ensuite? Ensuite, Charles?

8

Lucinda porta les mains à son visage, horrifiée.

– Alors, c'était bien un piège! s'exclama Anthony.

– Oui, dit Charles. Pendant que j'hésitais, me demandant s'il fallait aller le délivrer tout de suite ou attendre plus tard pour me glisser dans la place, Yvonne alla jusqu'au bord de la terrasse et agita son mouchoir. J'eus l'impression que c'était un signal et j'attendis.

– Et alors? demanda lord Courtney.

– Environ une minute plus tard, j'entendis un bruit de pas. Quatre hommes arrivèrent de l'autre côté du jardin. Des soldats!

– Des soldats? s'écria Lucinda.

– Un piège! Je ne puis y croire! dit sir Anthony amèrement.

– Et Sebastian s'y est laissé prendre?

– Mais enfin, vous ne pouviez donc rien faire? demanda lord Courtney.

– Avec un seul pistolet contre quatre hommes armés, plus les deux qui avaient assommé Sebastian? J'ai fait ce que Sebastian m'avait dit de faire. Je suis revenu ici.

– Mais vous ne me ramènerez pas en Angleterre, dit Lucinda.

– C'est pourtant ce que nous devrions faire.

– Et laisser Sebastian à ces assassins? Il n'en est pas question!

– Je ne vous ai pas raconté la fin de l'histoire, dit Charles tristement. Pendant que j'attendais, un messager est arrivé à cheval au château. Bientôt, Yvonne reparut. Elle avait une lettre à la main et elle la remit à l'homme. Elle semblait lui donner des instructions qu'il écoutait attentivement.

» Je n'entendais rien, bien sûr, mais l'homme repartit à toute allure sur son cheval en direction de la ville. J'eus l'impression qu'il allait chercher des renforts.

– Tout ça pour garder un prisonnier sans connaissance?

– Peut-être soupçonnent-ils qu'il n'est pas seul?

– Mais alors, s'exclama lord Courtney, qu'allons-nous faire?

– J'ai d'autres mauvaises nouvelles pour vous, dit sir Anthony. Pendant votre absence, Charles, j'ai eu un entretien avec le capitaine. Il m'a dit qu'il y avait peu d'armes à bord : un sabre d'abordage ou deux, un mousquet qui n'a pas servi depuis un demi-siècle et nos propres pistolets.

– Mais Sebastian est insensé! s'écria Charles, exaspéré. Ne savait-il pas que nous pourrions avoir besoin d'armes?

– Ce n'est pas un yacht qu'il nous faut, mais un bateau de guerre! dit lord Courtney. Si nous retournions en Angletere demander de l'aide à la marine?

– Pour sauver un Anglais? dit Charles. Même si cet Anglais est Sebastian, je doute que le lord de l'Amirauté accepte! D'ailleurs, Boulogne est un vrai guêpier. Ils penseraient seulement qu'il a été fou de se fourrer dedans.

Lucinda l'interrompit pour dire calmement :

– J'ai une idée. Écoutez-moi...

★

Vers 9 h 30, le lendemain, une voiture tirée par un cheval fringant filait sur la route de Boulogne.

Le cocher était emmitouflé dans une veste mitée, sa pèlerine était aussi usée que le chapeau qu'il portait enfoncé sur sa tête.

Seul, le fait qu'il tenait les rênes avec une élégance et une habileté surprenantes aurait pu attirer l'attention.

Assise sur le siège arrière à côté d'un énorme carton à chapeaux et d'une élégante malle de cuir, se trouvait une femme vêtue d'un manteau de voyage vert et coiffée d'un bonnet surmonté d'un assemblage insensé de plumes de toutes couleurs.

Ses cheveux, sous le bonnet, étaient tout bouclés; l'effet était certes bizarre, mais néanmoins plaisant.

La sentinelle qui montait la garde à la grille du château non loin de la mer arrêta l'équipage.

– Je suis Mme Janette et j'arrive de Paris. J'apporte à Mlle de Beausoleil de nouvelles toilettes, dit la jeune femme dans un merveilleux sourire.

– Passez, chérie! répondit la sentinelle avec un clin d'œil.

Mme Janette le remercia d'un autre sourire et la voiture monta jusqu'à la porte.

Là, il y avait encore deux autres gardes.

– On n'entre pas sans permis! dit l'un d'eux d'un ton revêche.

– Alors, dépêchez-vous d'aller en demander un à Mademoiselle, rétorqua la visiteuse. Elle m'a laissé des instructions nettes avant de quitter Paris pour que je vienne la voir ici. D'autres dames m'attendent en ville et je vous préviens que je n'aimerais pas être à votre place si ces dames voient, avant elle, ce que j'apporte pour Mlle de Beausoleil!

Le garde parut comprendre la force de cet argument. Il chuchota quelque chose à un domestique et, après quelques instants, parvenait le message que la visiteuse de Mlle de Beausoleil pouvait monter.

– Prenez la malle! ordonna-t-elle.

Elle glissa elle-même le carton à chapeaux à son bras et, le cœur battant, elle monta vers une chambre située au premier étage dans laquelle elle ne tarda pas à pénétrer.

Yvonne de Beausoleil était une jolie femme aux grands yeux violets, frangés de longs cils bruns.

– J'ai appris que vous aviez besoin de moi, mademoiselle, dit la visiteuse, faisant une révérence sur le seuil, puis avançant pour permettre au domestique qui la suivait avec la lourde malle d'entrer à son tour.

– Approchez, dit Mlle de Beausoleil.

– Je vous ai apporté les toutes dernières créations, mademoiselle, et des bonnets dernier cri. L'impératrice elle-même ne les a pas vus.

– Eh bien! nous allons voir ça. C'est la providence qui vous envoie, car j'ai besoin d'une douzaine de robes neuves au moins.

– Je n'en ai que trois avec moi, mademoiselle, et un ou deux bonnets. Mais j'en ai d'autres à l'auberge et je peux aisément aller vous les chercher plus tard.

– Montrez, montrez tout de suite! ordonna Yvonne de Beausoleil.

Madame Janette ouvrit le carton et en sortit un bonnet qui agrémentait le visage sans défaut d'Yvonne de Beausoleil.

– C'est ravissant! s'écria l'actrice. Je n'ai jamais

rien vu d'aussi charmant! Quand l'empereur le verra!

– Le... l'empereur? balbutia la jeune femme.

Elle n'eut pas le temps d'en dire davantage. La porte s'ouvrit toute grande et Napoléon entra. Il n'y avait pas à se tromper sur l'autorité de ses yeux sombres qui parurent d'un coup d'œil embrasser avec suspicion tout ce qui se trouvait dans la pièce.

Janette demeura immobile, comme figée sur place.

– Sire, je ne vous attendais pas si tôt.

Yvonne de Beausoleil s'était levée et faisait une révérence, imitée en cela un peu tardivement par Mme Janette.

– J'ai eu votre message hier soir, dit Napoléon, et je n'ai pu venir que ce matin. Alors, il est vraiment là?

– Mais, sire, ne vous avais-je pas dit qu'il ne résisterait pas à mon appel? Ces Anglais, quand il s'agit de galanterie, sont d'une témérité qui frise la bêtise.

– Il me semble, en effet, dit l'empereur, sèchement. Je ne croyais tout de même pas qu'il se mettrait aussi rapidement la corde au cou.

– Ne vous ai-je pas dit que mon charme était irrésistible? dit Yvonne de Beausoleil d'un ton léger.

– Où est-il? demanda Napoléon.

– Dans le cellier à provisions du rez-de-chaussée, répondit Yvonne de Beausoleil avec un petit rire. Entre les pots de confitures et les oignons au vinaigre.

Napoléon Bonaparte rit, lui aussi.

– Vous êtes bien inhospitalière, ma chère Yvonne. Je suis navré d'apprendre qu'un visiteur aussi important que cet Anglais est si mal installé.

– Vous voulez le voir maintenant? J'ai la clef. Nous pouvons l'envoyer chercher.

Janette baissa les yeux pour que l'actrice ne vît pas la haine dont ils étaient emplis. Elle savait que cette femme s'amusait à l'idée de torturer un homme qui avait été son ami.

Yvonne de Beausoleil se pencha alors pour désigner la clef qui était sur sa coiffeuse.

Bonaparte s'approcha :

– Nous verrons plus tard, ma chère. Pour l'instant, nous avons autre chose à faire.

Yvonne de Beausoleil regarda Janette, qui se hâta de refermer son carton à chapeaux.

– Dois-je revenir plus tard, mademoiselle? demanda-t-elle.

– Oui. Ou, si vous préférez, attendez en bas.

– Je peux aller chercher les autres robes dont je vous ai parlé et qui sont en ville.

– C'est cela, allez les chercher.

– Dois-je faire enlever cette malle?

– Non, non, laissez-la.

– Alors, je ne prends que mon carton à chapeaux.

Tout en se penchant pour attacher le ruban du carton, elle se glissa entre la coiffeuse et Yvonne de Beausoleil. Il ne lui fallut qu'une seconde pour prendre la clef du cellier qu'elle cacha sous le carton à chapeaux. Après une dernière révérence, elle quitta rapidement la pièce.

Elle dévala l'escalier.

Le domestique qui avait monté la malle se tenait dans le vestibule. Elle lui fourra le carton à chapeaux dans les bras.

– Appelez ma voiture, dit-elle d'un ton autoritaire. Ah! j'oubliais... Mademoiselle réclame une omelette pour l'empereur. Il faut aussi monter de la cave le vin préféré de Sa Majesté.

L'homme s'éloigna en grommelant et, dès qu'il eut le dos tourné, la jeune femme se dirigea vers la soupente. Il y avait là une porte; elle mit la clef dans la serrure et la tourna.

– Sebastian!

A peine avait-elle chuchoté son nom qu'il était à la porte.

– Lucinda, qu'est-ce que vous...

Elle lui posa un doigt sur les lèvres.

– Chut... ne bougez pas! dit-elle.

Elle retourna dans le vestibule. L'homme revenait vers elle et, par la porte ouverte, elle voyait la voiture qui s'arrêtait devant les sentinelles.

Elle s'approcha d'une glace et, fouillant dans son réticule, sortit son petit pot de crème.

– N'attendez pas! dit-elle par-dessus son épaule au domestique. Il faut que je soigne mon teint. L'air de la mer est si mauvais pour la peau!

– Je ne pensais pas attendre, dit l'homme, maussade. Une omelette... le vin... j'ai de quoi faire!

Il partit lourdement vers les cuisines.

Lucinda se retourna aussitôt. Elle avait vu que, sur le canapé, on avait jeté deux choses : une cape et un chapeau. Elle se doutait qu'ils appartenaient à l'empereur, mais c'étaient exactement les mêmes que ceux portés par ses officiers, sans aucun ornement.

Lucinda saisit les vêtements et les tendit à Sebastian.

– Faites vite, chuchota-t-elle. La voiture est à la porte et c'est notre seule chance de fuir avant qu'ils ne s'en rendent compte.

Il enfonça le chapeau sur la tête et mit la cape de manière à cacher ses vêtements.

Lucinda, avançant d'un pas léger devant lui, courant presque, bavardant gaiement, se hâta de gagner la voiture.

– Allons, il faut nous dépêcher! fit-elle d'une voix

aiguë que ne pouvaient manquer de remarquer les sentinelles et l'escorte de Napoléon qui attendait devant la porte

» Quand l'empereur veut quelque chose, il le veut tout de suite et nous avons peu de temps. Pensez-vous que ce sera long d'aller chercher les autres robes? Où l'empereur a-t-il dit que c'était? Je suis tellement étourdie que j'ai toujours du mal à me rappeler une adresse.

Elle était déjà dans la voiture. Sebastian y monta derrière elle.

– Vite! Vite! cria-t-elle.

Son ton pressant poussa lord Courtney, qui avait pris la place du cocher, à fouetter le cheval.

La voiture s'élança dans l'allée. Les sentinelles levèrent les yeux, mais n'arrêtèrent pas la voiture. Lucinda se pencha et leur envoya un baiser.

– Je reviens à peu près dans une heure!

Le cheval prenait de la vitesse.

– Mon Dieu! Lucinda... comment avez-vous fait? demanda Sebastian. Et pourquoi diable êtes-vous ici alors que je vous avais dit de ne pas débarquer?

– Heureusement qu'elle ne vous a pas écouté, dit lord Courtney du haut de son siège.

– Est-ce que nous sommes hors de vue?

– Oui, dit-il

– Arrêtez ici. Ils doivent être au coin du bois, dit Lucinda.

– Qui, « ils »? demanda lord Meridan.

Mais, déjà, Charles et sir Anthony sortaient en courant de derrière le fourré et grimpaient dans la voiture.

– Dieu merci, vous êtes là, Sebastian! dit Charles. (Et il ajouta anxieusement :) Est-ce que nous risquons d'être suivis?

– Je ne sais pas, dit Lucinda (Puis, elle poussa un petit cri :) Idiote que je suis! J'aurais dû fermer la porte de ce placard à clef! Ils vont le voir ouvert et ils comprendront que Sebastian s'est enfui.

– Où est le canot? demanda lord Meridan.

– Il est retourné au yacht, dit Charles. Nous avons pensé que c'était dangereux de le laisser ici et, avec la voiture, il nous faudra sûrement vingt minutes pour atteindre l'anse où le yacht est ancré! Poussez ce cheval qui semble dormir, James!

– Je vais prendre les rênes, dit lord Meridan. Ne vous arrêtez pas.

Il grimpa sur le siège du cocher et changea de place avec lord Courtney.

– Lucinda, vous êtes merveilleuse! dit Charles en lui prenant la main. Je crois que je n'ai jamais eu aussi peur de ma vie que pendant cette dernière demi-heure, alors que je me demandais ce qui vous était arrivé et que je priais pour que vous réussissiez.

– Vous savez qui était là? Napoléon.

– Napoléon! répétèrent Charles et sir Anthony, incrédules.

– Lui-même, fit lord Meridan, et c'est sa cape et son chapeau que je porte.

– Quel souvenir! s'exclama sir Anthony.

Ils filaient sur la route côtière. Des paysans qui passaient avec leurs charrettes se retournaient, stupéfaits, pour regarder cette voiture qui roulait dans un nuage de poussière, remplie de jeunes gens d'aspect pour le moins curieux.

– Les gens nous regardent. Si les soldats nous cherchent, il y aura foule pour leur indiquer le chemin que nous avons pris.

– Nous n'en avons plus pour longtemps, dit lord Meridan. Si je me souviens bien, il n'y a plus que cette ligne droite, puis la route décrit une courbe qui descend jusqu'à la crique.

– C'est exact, dit lord Courtney. (Et regardant par-dessus son épaule, il dit d'un ton beaucoup plus grave :) Charles, nous sommes suivis.

Charles se leva sur le siège arrière.

– En effet, dit-il.

– Est-ce qu'ils vont nous rattraper? murmura Lucinda.

– Je crois que nous avons pris assez d'avance, dit Charles, mais soyez prête à courir.

Sir Anthony avait les yeux fixés sur la route.

– Ils sont huit... non, douze. Et ce sont des soldats!

– Ne vous inquiétez pas, Lucinda, dit Charles d'un ton rassurant. Nous y arriverons!

En même temps, il tirait son pistolet de sa poche et s'assurait qu'il était chargé et prêt à tirer.

Lucinda vit sir Anthony et lord Courtney en faire autant.

– Ils ont pris les miens! cria lord Meridan.

Il poussait le cheval si vite qu'on pouvait craindre que la voiture se renversât.

Puis la route tourna et ils virent, à leurs pieds, le yacht, à l'ancre, toutes voiles dehors. Le canot les attendait sur la rive.

Ils sautèrent tous à terre. Ils se mirent à courir, mais Lucinda était gênée par ses jupes; alors Sebastian se pencha, la prit dans ses bras et ils continuèrent ainsi leur course jusqu'au canot.

Lord Meridan déposa Lucinda au fond et cria :

– Poussez!

Les autres sautèrent à leur tour dans le canot alors que, déjà, les vagues mouillaient leurs bottes.

On entendit un bruit de sabots sur la route. Les

soldats apparurent, descendirent de cheval et se hâtèrent dans la direction de la plage.

– Ils vont tirer! dit lord Meridan. Baissez la tête!

Des balles passèrent en sifflant à quelques centimètres de leurs têtes.

– Ramez, bonté divine! cria lord Meridan. Ramez! Dans une minute, nous serons hors de portée de leur tir.

Les marins se penchèrent sur leurs rames. Des balles frappaient les vagues. L'une d'elles, fit voler en éclats une des rarnes, une autre balle s'enfonça dans le canot. Soudain, Charles poussa un cri :

– Mon Dieu, Lucinda! Elle est touchée!

Lucinda porta la main à son bras lorsque Sebastian, au risque de faire chavirer l'embarcation, s'approcha d'elle en hurlant :

– Ramez! Ramez plus vite!

– Ils ne nous atteindront plus à présent! cria lord Courtney.

Sebastian s'assit dans le fond du bateau et attira doucement contre lui Lucinda qui avait perdu connaissance. Il vit la tache rouge s'élargir sur la manche de sa robe et il comprit à la pâleur de son visage que sa femme souffrait et avait risqué sa vie par sa seule faute. Avec soulagement, il constata que le yacht n'était plus qu'à quelques longueurs.

Charles, aidé de Sebastian, parvint à hisser Lucinda sur le pont et il la porta dans sa cabine.

Avant même qu'il ne l'eût installée, le yacht avait levé l'ancre. Sauvés! Ils étaient sauvés. Mais Lucinda gisait là devant lui, entre la vie et la mort; alors il se mit à genoux devant elle, qui ne pouvait le voir, et pleura doucement. Le terrible lord Meridan était vaincu. Charles, qui l'avait suivi, comprit tout ce qui se passait dans l'âme de son ami et, lui posant doucement une main sur l'épaule, lui dit :

– Courage, Sebastian! Rien n'est encore perdu tant qu'elle vit; cette balle peut certainement être extraite rapidement si elle n'a touché que le bras.

» Voyez cela et dénudez son bras pendant que je cours chercher le capitaine.

Tandis que Charles s'éloignait rapidement, Sebastian se releva et, s'approchant de Lucinda, il lui murmura tout en baisant ses lèvres :

– Courage! N'aie pas peur, mon amour. Je t'aime.

Et il commença de dégrafer le haut de sa robe pour examiner la blessure. La balle était entrée près de l'épaule, mais comme il n'arrivait pas à bien découvrir la plaie, il saisit un poignard et déchira l'étoffe.

Sebastian frémit en voyant la gorge blanche peu à peu se tacher de rouge. Cette gorge où battait le cœur de la seule femme qu'il ait jamais aimée et qu'il avait tant fait souffrir.

Comme le destin était parfois cruel! Elle était apparue dans sa vie un jour de soleil, portant une curieuse parure de roses rouges et, à présent qu'il avait l'impression de la voir pour la première fois, des roses rouges semblaient la parer à nouveau, mais, cette fois-ci, ces roses étaient des roses de sang.

Il ne la vit pas rouvrir lentement les paupières, mais il la sentit doucement renaître à la vie sous sa caresse. C'est alors qu'il l'entendit murmurer :

– Sebastian, Sebastian...

Il approcha ses lèvres des siennes et l'embrassa encore.

– Mon amour, tout ira bien à présent.

Lucinda lui sourit; elle leva son bras valide et elle caressa la joue baignée de larmes de Sebastian. Puis, à nouveau, elle perdit connaissance.

A cet instant, Charles entrait, suivi du capitaine.

– Venez, Sebastian, lui dit Charles. Le capitaine sait ce qu'il faut faire et ni vous ni moi ne pouvons lui être d'aucune utilité.

★

Le yacht filait à bonne allure sous la brise marine et Sebastian, impatient de retourner au chevet de sa femme, racontait à Charles ce qui s'était passé à terre, tout en faisant les cent pas devant la cabine, tandis que sir Anthony et lord Courtney veillaient là-haut sur le pont.

– Mais enfin, Sebastian, pourquoi ce piège? Que voulait Napoléon?

– Yvonne me l'a très bien fait comprendre. J'étais à peine arrivé qu'elle me demandait ce qu'on disait en Angleterre du débarquement. Elle me montrait les bâtiments ancrés tout le long de la côte, jusqu'au delà de Calais, j'imagine.

– La flotte de débarquement? fit Charles.

– Oui. J'ai eu le temps d'y réfléchir la nuit, enfermé dans ce placard sans air. Elle m'avait fait venir parce que Napoléon voulait savoir si nous, Anglais, nous avions peur. Il savait que je pourrais lui dire si on était inquiets à la cour. Yvonne devait lui avoir dit quels étaient mes rapports avec le prince. C'était un piège et j'ai été assez stupide pour y tomber, comme un idiot de village. Sans vous tous...

– Non, c'est Lucinda, dit Charles d'une voix qui trahissait l'émotion. C'est Lucinda seule. Aucun de nous n'en avait la moindre idée.

★

Dans sa cabine, Lucinda revenait doucement à elle. Le capitaine avait extrait la balle. Ses jours n'étaient plus en danger, mais le repos lui était plus que nécessaire, car le choc nerveux était encore loin d'être effacé.

– Capitaine, où est mon mari? demanda-t-elle. Où sommes-nous?

– Ne craignez rien, milady. Il est juste derrière la porte et nous faisons voile pour l'Angleterre. Vous pouvez dire que vous avez fait une belle peur au comte de Meridan. Je ne l'ai jamais vu aussi bouleversé. Je vais l'appeler, continua-t-il, car il avait compris ce qui se passait dans l'esprit de Lucinda.

Lucinda, en effet, essayait de reprendre conscience et, peu à peu, de se remémorer les derniers événements. Elle entrevoyait, baigné dans une ombre curieuse, le visage de son mari penché sur elle, mais une autre image venait toujours se superposer à la première et cette dernière image ressemblait étrangement à Yvonne de Beausoleil, puis à Juanita da Riva, puis à lady de Vereux. Comme tout cela était stupide! Peut-être aurait-il mieux valu que cette balle l'atteigne pour de bon.

Sebastian pénétra dans l'étroite cabine, tandis qu'en sortait le capitaine qui referma doucement la porte derrière lui.

– Venez avec moi, dit-il à Charles. Laissons-les tous les deux. Ils ont certainement beaucoup de choses à se dire.

★

Sebastian se tenait debout devant la couchette où reposait sa femme.

– Lucinda, ma vie entière ne sera pas suffisante pour vous remercier et me faire pardonner. Souffrez-vous beaucoup?

– Ce ne sera rien maintenant, mais ne me remerciez pas. Nous avons eu de la chance, voilà tout, dit-elle dans un soupir.

– Pourquoi, pourquoi êtes-vous descendue à terre, alors que je vous l'avais interdit ? lui demanda-t-il en se rapprochant.

– Parce que c'était le seul moyen de vous sauver.

– Vous avez failli en perdre la vie. Pourquoi, Lucinda ? En valais-je la peine ? Regardez-moi, Lucinda, et dites-moi la vérité. Pourquoi ?

– Parce que... parce que... je suis... votre femme, dit-elle en se détournant légèrement.

Alors Sebastian, saisissant d'une main le visage de Lucinda, l'obligea à lui faire face.

– Je vous ai demandé la vérité, chérie.

« Chérie. » Il l'avait appelée « chérie ». Était-ce l'effet de l'alcool que le capitaine lui avait fait prendre qui lui faisait entendre ce mot, ou était-ce à nouveau ce rêve, toujours le même d'ailleurs, qui avait hanté ses nuits solitaires ? Non, elle ne rêvait pas, car elle sentait très bien les doigts de Sebastian, les doigts chauds qu'il laissait courir sur son visage pour éloigner les cheveux de ses joues, puis qui s'attardaient sur son cou. Un immense frisson la parcourut tout entière. Était-ce la fièvre ? Elle était incapable de lui répondre. Elle ne savait plus.

– Je veux la vérité, Lucinda, reprit-il. Est-ce que vous avez peur de me la dire ? Pourquoi tremblez-vous ? Et pourquoi votre cœur bat-il si vite ?

Elle était incapable de le dire. Elle ne pouvait que rester là, frissonnant sous cette main. Tout cela était si nouveau pour elle.

– Vous m'avez rendu fou, Lucinda, entendit-elle lord Meridan dire et elle pensa à nouveau qu'elle rêvait. Je crois que je savais que je vous aimais avant que nous venions à bord de ce bateau. Mais quand je vous ai vue embrasser Charles, j'ai eu envie de le tuer. Charles qui est mon meilleur ami, pour qui j'ai la plus profonde affection. Et puis, quand vous agitiez la main pour me dire adieu de la poupe et que j'ai vu vos yeux, j'ai su que rien n'avait d'importance auprès de vous et que je ne devais pas vous perdre d'une manière aussi folle et stupide.

Lucinda ne répondait toujours pas, elle continuait à trembler. Un fol espoir la saisissait. Brusquement, lord Meridan s'éloigna d'elle.

– Je ne suis peut-être qu'un sot, dit-il. Ce n'est que dans la solitude de ce cellier sombre, la nuit dernière, que j'ai commencé à imaginer que vous pouviez m'aimer aussi. Comment pouvais-je espérer pareil miracle après la manière dont je vous ai traitée : notre mariage, la façon dont je vous ai abandonnée à Londres, parce que je savais que vous entraviez ma liberté? Mon Dieu! quand je pense, à présent, que vous avez failli perdre la vie pour moi!

Sa voix était brusquement amère, et, sans se retourner, il dit :

– Je suis désolé, Lucinda. Il serait préférable que nous nous séparions. Je n'ai pas cessé de vous faire souffrir et à présent, alors que je ne voudrais plus vivre que pour vous, il est sûrement trop tard... N'est-ce pas, c'est ce que vous n'osez pas me dire?

Alors Lucinda comprit qu'elle ne pouvait plus attendre, que cet aveu qui lui avait maintes fois brûlé les lèvres, c'était à présent qu'il fallait le prononcer, maintenant ou jamais.

– Non, Sebastian, il n'est pas trop tard, car la vérité est que je vous aime et que mon amour pour vous est ma seule joie et a toujours été ma seule richesse. Tout le reste n'a aucune importance et n'en aura jamais. Ne vous ai-je pas d'ailleurs épousé pour le meilleur et le pire?

Sebastian la regardait, il avait peur de comprendre. Comme pour s'assurer alors que tout cela était bien vrai, que Lucinda l'aimait, lui pardonnait et qu'elle vivrait pour lui comme il vivrait pour elle, il s'approcha à nouveau de la couchette sur laquelle elle était étendue, à présent hors de danger. Il lui prit doucement la main droite, la baisa en lui murmurant tendrement :

– Lucinda Belvil, comtesse de Meridan, acceptez-vous de me garder, moi, Sebastian, votre mari, pour vous servir et vous chérir jusqu'à ce que la mort nous sépare?

– Oui, Sebastian, mais c'est pour t'aimer et te chérir qu'il faut dire.

– Pour t'aimer et te chérir, mon amour.

Là-haut, sur le pont, il faisait à présent grand jour. A l'avant du navire, Charles, solitaire, savait qu'il avait perdu à tout jamais celle qu'il aimait. Des larmes amères coulaient doucement le long de ses joues. Mais soudain, il se ressaisit, car, déjà, l'on apercevait les côtes d'Angleterre et, si Charles éprouvait son premier chagrin d'amour, il n'en était pas moins anglais et colonel.

Editions J'ai Lu, 31, rue de Tournon, 75006 Paris

diffusion
France et étranger : Flammarion, Paris
Suisse : Office du Livre, Fribourg
Canada : Flammarion Ltée, Montréal

Achevé d'imprimer sur les presses de l'imprimerie Brodard et Taupin
7, Bd Romain-Rolland, Montrouge. Usine de La Flèche,
le 15 septembre 1981
1955-5 Dépôt Légal 3e trimestre 1981. ISBN : 2 - 277 - 21227 - X
Imprimé en France